Hans-Jürgen Laabs

Beusselstraße 23

Hans-Jürgen Laabs

Beusselstraße 23

Kindheit im Berlin der 50er Jahre

Taschenbuchausgabe Oktober 2011
Copyright © 2011 ....
Herstellung und Verlag:
Books on Demand GmbH, Norderstedt
(Standardvermerk der Deutschen Nationalbibliothek)
Printed in Germany ISBN 978-3-8448-0156-9

Vorwort

Ich danke mit diesem Buch meinen Eltern, die mir wesentliche Geschenke mit in die Wiege gelegt haben: Die Gabe, schnell Entscheidungen zu treffen, den Willen, Ziele zu verwirklichen und die Fähigkeit, Gefühle zu leben.

Ich hatte die Absicht, das vorliegende Buch anspruchsvoll zu illustrieren. Es fand sich jedoch trotz intensiver Suche kein Künstler, der die von mir entworfenen Skizzen in Meisterwerke umsetzen konnte. So muss sich der Leser leider mit meinem Zeichentalent und den daraus entstandenen Exponaten zufrieden geben.

Inhalt

Beusselstraße 23

Ich wachte an einem Sommermorgen auf und wusste noch nicht, dass dieser Tag mein Leben verändern würde.

In der vergangenen Nacht hatte ich mich oft genug hin und her gewälzt und war von einem tiefen, erholsamen Schlaf weit entfernt. Es war der kommende Tag, den ich mit Spannung, aber auch voller Sorge erwartete. Ich ahnte nur, dass er für mich etwas Neues bringen würde, wusste jedoch nicht, welche Erwartungen ich daran zu knüpfen hatte und wie er vielleicht mein bis dahin doch recht regelmäßiges Leben verändern könnte.

Zwei Stunden später hatte ich damit zu tun, mich heftig atmend und mehr stolpernd als gehend auf dem Bürgersteig entlang zu bewegen, voller Angst, lang hinzufallen und mich darüber schämen zu müssen, zumal mir einige in ihren Türen stehende Ladenbesitzer bei meiner gewagten Aktion zusahen. Nein, dies durfte nicht geschehen, zumal ich mit meinen Armen etwas umschlungen hatte, das ich wie einen Schatz hütete, und das für mich nach Mama, Papa, Oma und Schwester die wichtigste Sache auf der Welt war, der nichts geschehen durfte und von der ich mich nie trennen würde: Meine Holzkiste mit Bauklötzern!

So quälte ich mich weiter, den Schatz vor meinen Augen: Eine wunderschöne Kiste, vielleicht eine Kinderarm-Länge breit, wertvoll, fand ich, da sie an den Kanten wundervoll geschmiedete Beschläge hatte.

Der Weg wurde lang, unendlich lang, und dann setzte ich die Kiste doch erst einmal, kurz vor Erreichen des nächsten Hauseinganges, vor meine Füße auf das Gehwegpflaster. Und ich sagte zu mir: Ich möchte nie in meinem Leben Möbelpacker werden, nie und nimmer! Doch vielleicht Bauingenieur? (Natürlich wegen der Holzklötzer). Ja, und so hatte ich, gerade dem Kleinkindalter entwachsen, die wohl einflussreichste und weitgehendste Entscheidung für mein ganzes, mir damals natürlich noch unbekanntes Leben getroffen.

Doch in diesem Moment, das alles nicht begreifend, packte ich die Kiste wieder, schleppte sie durch den nächsten Hauseingang, überquerte einen Innenhof, ohne auch nur Näheres davon wahrzunehmen, stieg dann mit dem wunderbaren Gefühl, dass mein Ziel fast erreicht war, noch über abgetretene Stufen zwei Stockwerke hinauf und ging durch eine offene Wohnungstür, die Kiste sorgsam gleich dahinter absetzend.

Ich war angekommen. Endlich. Ich war umgezogen! Ich war mit meinem Hab und Gut umgezogen an einen Ort, an dem ich 13 Jahre verbringen sollte: In die Beusselstraße 23.

Die Entscheidung, hierher zu ziehen, hatte naturgemäß zwar bei meinen Eltern gelegen, doch das war, mit allem, was ich hier erleben sollte, bestimmend für meine weitere Zukunft.
Insofern war dieser Tag im Juni des Sommers 1950 wohl einer der wichtigsten in meinem Leben!

An dieser Stelle sei es mir erlaubt, doch eigentlich erst mal zu berichten, wo mein großer Umzug begann, um auch das Ausmaß und die Bedeutung dieses aktionsreichen Tages deutlich zu machen: Er begann nämlich im 1. Stock der Beusselstraße 25.
Dort wohnte seit dem Kriegsende meine Oma in einer sehr kleinen 2-Zimmer-Wohnung. Und wir mit! Dies erschien meinen Eltern auf Dauer gesehen ein bisschen eng, ich jedoch hatte darüber noch keine echte Meinung. Und als sich die Gelegenheit für meinen Vater bot, etwas mehr Abstand zu seiner Schwiegermutter und damit mehr Nähe zu meiner Mutter zu gewinnen, griff er diese glückliche Gelegenheit beim Schopf. Doch einer Schwiegermutter kann man nie entfliehen. Aber das später.

An die Wohnung in der Beusselstraße 25 kann ich mich, ich nehme an, altersbedingt, kaum erinnern, aber ich denke, dass von der Ausstattung, besonders während der damaligen kargen Zeiten, auch nicht viel zu berichten wäre.

Für mich war die neue Wohnung riesig groß, denn wir hatten ein Wohnzimmer, ein Schlafzimmer, eine Diele, einen unendlich langen Flur und eine Küche. Ein Klo auch, aber das lag leider ein halbes Stockwerk tiefer und wurde von allen Mietern, die auf unserem Stockwerk (es war das zweite im 2. Quergebäude) wohnten, benutzt. Ich glaube, später oft auch von anderen Personen, weil es früher immer ziemlich sauber war. Dann irgendwann nicht mehr!

Ich habe damals oft darüber nachgedacht, was ‚2. Quergebäude' bedeutet. Später wurde mir erklärt, dass es nicht quer, sondern längs zur eigentlichen Straße steht und in dem ganzen Wohnkomplex den geringsten Rang einnimmt, weil es am weitesten entfernt von der Straße liegt und durch dichte Nachbarbebauung das Sonnenlicht nur erahnen ließ. Und doch haben wir es nie so empfunden, da das anschließende 2. Quergebäude, das von einer anderen Straße uns gegenüberstehen sollte, ausgebombt war, und wir dadurch Südost-Seite mit (noch) unverbauter Aussicht hatten!
Ich habe meinen Vater wegen der hervorragenden Wohnungswahl noch jahrzehntelang innerlich beglückwünscht und ihm Respekt gezollt!

Bei der Wohnungsbeschreibung möchte ich mich nicht in Details verlieren, aber sie doch kurz vorstellen. Die Eingangstür öffnend betrat man eine Diele, ohne Fenster und daher dunkel, von der zwei Türen zum Wohnzimmer und in die Küche führten. Am Ende führte der soooo lange Flur zum Schlafzimmer. Es war eine Wohnung in ‚Altberliner Bauweise' mit einer Zimmerhöhe, die höhenängstlichen Menschen das selbsttätige Streichen der Decke untersagte!

Wohn-, Schlafzimmer und Küche hatten Blick auf einen kleinen, meist sonnenüberfluteten Innenhof, dessen Ausstattung aus einem Klopfgerüst für Teppiche bestand.

Ich war zufrieden mit allem, befragte auch meine kleine Schwester, und die stimmte natürlich zu.

Auf jeden Fall nickte sie!

Wir hatten ein neues und schönes Zuhause.

Draußen vor der Tür

Ob sofort, oder später? Ich kann mich jedenfalls nicht mehr daran erinnern. Irgendwann jedenfalls hatten wir für unsere Wohnungstür einen sogenannten ‚Steckschlüssel'. Der hatte an jeder Seite eine Schlüsselborte, die dazu gut war, dass man nie vergessen konnte, die Tür auch wieder abzuschließen. Den Schlüssel durchschieben, wieder abschließen, und dann wieder herausziehen. Ich fand das gar nicht praktisch, da ich nicht ohne Voranmeldung mal kurz zum Spielen auf den Hof konnte.

Diesen Hof schlossen das Vorderhaus, das Quergebäude und der Seitenflügel ein, eine Seite war offen zur Nachbarbebauung. Er war in einem ziemlich erbärmlichen Zustand, aber das bemerkte ich erst Jahre später. Jetzt war es der ideale Spielplatz für Hüpfspiele, Holztriesel peitschen, kleine Autos fahren lassen und mit meinen Klötzern Burgen bauen.

Der Hof schmückte sich abgesehen von ein paar Mülltonnen auch noch durch einen kleinen Gartenbereich mit drei recht trostlos dastehenden Bäumen.

Unser Treppenhaus gab auch nicht viel her: Der Putz bröckelte hier und da ab, alles hatte mal wieder etwas Farbe nötig, und die mit dunkelrotem, eingerissenem Linoleum belegten

Treppenstufen waren ausgehöhlt und knarrten. Aber das waren alles Nebensächlichkeiten.

Kontakte zu unseren Mitbewohnern im ,Quergebäude' hatten wir kaum. In der gleichen Etage wohnte eine alleinstehende ältere Dame, Frau Berkholz, und einen Stock über uns die Familie Konzog, die ein paar wenige Male von meinen Eltern abends eingeladen wurde und gerne kam. Wohl wegen des Essens und der Getränke. Ich glaube aber, hauptsächlich wegen der Getränke!

Ansonsten kann ich mich an niemanden weiter erinnern. Doch, ein bisschen noch an das ältere Hausmeisterehepaar, das im Erdgeschoss wohnte, und die am 1. jeden Monats soviel Besuche bekamen, dass diese vor der Eingangstür Schlange stehen mussten, um Einlass zu bekommen! Grund für diesen außergewöhnlichen Menschenauflauf war die Zahlung der Miete, die dort pünktlich zu Monatsbeginn abzuliefern war. Sie betrug für uns 36,- DM, fast ein Viertel des Monatslohnes meines Vaters!

Später, als ich zur Schule ging und ausreichend genug zählen konnte, wurde ich oft mit dieser Mission der Mietabgabe betraut, aber auch mir gelang es nicht, einen Nachlass herauszuhandeln. Und mit dieser Beschreibung meines direkten Umfeldes will ich es auch belassen.

Doch, da ist noch der Keller, aber der hat ein eigenes Kapitel verdient.

Die Beussel-Allee

Von meinem oben beschriebenen ‚Spielhof' aus gelangte man durch eine riesige alte Holztür in einen breiten Durchgang, in dem alle Briefkästen, die mindestens ein Alter von 50 Jahren hatten, montiert waren, durch eine zweite Tür, die noch dicker und älter war, schließlich auf die Straße, die Beusselstraße.

Hier begann, nach Wohnung und Hof, mein dritter Erlebnis- und Spielbereich, der mich einer neuen, schon damals (wie eigentlich schon immer seit Menschengedenken) konsumgeprägten Umwelt auslieferte: Direkt neben der Haustür befand sich nämlich ein Automat, der mit den herrlichsten Dingen wie PEZ und Prickelpit gefüllt war, zwei Meter weiter lockte ein Eisladen. Der Eisladen war noch anziehender als der Automat, da er ganz einfach das Leckerste für ein Kind (speziell im Sommer) herstellte, das man sich vorstellen konnte: Speiseeis. Eis in sechs Geschmackssorten, was die Auswahl jedes Mal schwer machte, und in verschiedenen Ausfertigungen: Tüte (war am einfachsten zu konsumieren), Kubus (mit jeweils einer Waffelplatte auf jeder Seite) und Muschel (war am schwierigsten zu essen, konnte jedoch mit 3 Kugeln gefüllt werden. Hatte allerdings stets Eisreste auf der Kleidung zur Folge.).

Das Eis kostete 10 Pfennig pro Kugel und manchmal spendierte ich mir davon auch zwei am Tag.

Gleich links vom Hausausgang befand sich das Highlight überhaupt: Ein Kino! So sehr oft haben meine Schwester und ich, als wir etwas älter waren, dies nicht besucht, da damals ein Kinobesuch schon einen luxuriösen Anstrich hatte. Wir hatten jedoch das Glück, dass wir an Wochenenden großzügigerweise von unseren Eltern gelegentlich dorthin geschickt wurden. Wir waren glücklich darüber, ohne aber darüber nachzudenken, warum unsere Eltern uns wohl für 2 Stunden etwas weiter weg haben wollten. Wir jedenfalls hatten auch unseren Genuss, meist mit ‚Dick und Doof'-Filmen, die mich sogar richtig zum Lachen brachten. Das war bei mir schon was Besonderes, da ich ansonsten ein durch und durch ernstes Kind war, das der Umwelt nur in besonderen Situationen ein (kurzes) Lächeln zeigte.

Die Beusselstraße flankierten auf beiden Seiten ein paar Bäume mit äußerst spärlichem Blattvorkommen. Doch immerhin gab es sie und machten dadurch aus meiner Straße eine Allee, die damals noch nicht sehr stark vom Autoverkehr belebt war; das lag natürlich auch an der Nachkriegszeit und der geringen Anzahl von Besitzern eines derartigen Luxus-Artikels.

Aber immerhin gab es genug, die an unserem Haus vorbeifuhren und mein Interesse weckten. Weniger wegen der verschiedenen Modelle, sondern es war das Tempo, mit dem die oft alten Blechkarossen (meist Volkswagen und sonstige Vorkriegsmodelle aus dem Ausland, denn die alles in den Schatten stellende einheimische Produktion von Isetta, Goggomobil und Messerschmidt Kabinenroller begann erst 2 bis 3 Jahre später) an mir vorbeirauschten, und das trotz des groben und holprigen Kopfsteinpflasters. Oft war es schwierig, noch die Nummernschilder zu erkennen, und doch ich saß oft stundenlang mit einem Notizblock und Bleistift in der Hand und notierte mir die Nummern der vorbeifahrenden Autos.

Die weitaus größte Zahl der Nummern begann mit den Buchstaben ‚KB'. Das war das Kürzel für ‚Kommandatura Berlin'. Die Berliner interpretierten das jedoch ironischerweise als ‚Kolonialstadt Berlin', in Anspielung auf die flächendeckenden Schreber- und Gemüsegärten in der Stadt, die einen beachtlichen Anteil an der Ernährung der Bevölkerung in diesen Zeiten hatten. Und irgendwie ist das bis heute ja auch noch so geblieben!

Zurück zu meinen Aufzeichnungen, die ich akribisch in Autotypen, KB- und sonstige Nummern unterteilte. Irgendwie eine eigenartige, aber für mich interessante Beschäftigung.

Vielleicht hätte ich auch Statistiker werden oder zum Geheimdienst gehen sollen! Aber das kann ich heute nicht mehr mit Sicherheit beantworten.

Neben dieser beamten-ähnlichen Tätigkeit gab es natürlich auch die verwegenen, abenteuerlichen Aktivitäten. Während der Endkriegszeit gab es auch in unserer Straße etliche Bombeneinschläge und hatten viele Häuser in Trümmer gelegt. Geblieben war so gut wie nichts: Gebirgslandschaften aus Steinschutt und anderen Baumaterialien, die ein hervorragendes Terrain zum Kraxeln, Herumstöbern und Versteckspielen mit Freunden waren. Abenteuer pur! Doch wehe, die Eltern würden davon etwas erfahren! Wie oft wurde mir doch eingetrichtert, wie gefährlich es sei, Ruinengrundstücke auch nur mit einem Schritt zu betreten! (So wurden die aufgeschürften Knie und andere Verletzungen, die ich mir an den scharfen Steinkanten oftmals zuzog, nach Möglichkeit abends vor meinen Eltern geheimgehalten.) Aber es war wohl der Reiz des Verbotenen und die sorglose, jugendliche Ahnungslosigkeit, die solche Mahnungen sofort wieder in den Wind schlugen, denn die Schuttwiesen waren, und das überwog alle Bedenken, auch noch Schatzfelder! Denn ich konnte hier Altmetall in nicht unerheblichen Mengen zusammensammeln und bei dem auf der anderen Straßenseite ansässigen Schrotthändler in bares Geld tauschen, das mich meinen

Kinderträumen Eis und Schokolade unvermittelt näher brachte.

Nebst Metallen aller Art stapelten sich bei ‚Schrotti' auch riesig hohe Türme von alten Zeitungen, und ich dankte insgeheim meinem Vater, dass er ein begeisterter Zeitungsleser war und mir damit eine weitere Nebeneinnahme ermöglichte.

Die Schrott-Einnahmequelle versiegte jedoch leider eines Tages, da das Gelände geräumt und dort ein schnödes, schmuckloses Wohngebäude errichtet wurde. So wurde ich, der Not gehorchend, vom Sammler zum Dienstleister, der älteren Herrschaften behilflich war, ihr Gepäck den Anstieg bis zum S-Bahnhof Beusselstraße hoch zu tragen, was auch für mich nicht immer leicht, jedoch meist äußerst einträglich war.

Weitere Goldgruben waren die vor den meisten Ladentüren befindlichen Roste im Bürgersteig, die einen kleinen Schacht abdeckten, der wiederum durch ein Fenster Licht in den Keller ließ. Gerade an diesen Stellen mussten Kunden versucht haben, ihr Wechselgeld irgendwohin zurückzustecken, vielleicht in die Hosentasche, und dieses ‚Irgendwo' oft verfehlt haben, denn am Boden dieser Schächte lag oftmals die eine oder andere Münze, die ich dann mit Bindfaden und Magnet dem richtigen Bestimmungsort zuführte: Der Hosentasche. Aber meiner!

Nach diesen Ausflügen in die nächste Umgebung will ich mich zwei regelmäßig wiederkehrenden Ereignissen im Hause zuwenden, die, so fand ich, feste Institutionen im deutschen Monats- und Jahreskalender waren.

Putzfimmel und Künstlerisches

So sicher, wie das ‚Amen' in der Kirche ist, so sicher war ich jedes Jahr, dass das Frühjahr begonnen hatte, ohne auch nur einen Blick auf den Kalender geworfen zu haben oder auf die zwar langsam, aber doch merklich steigenden Temperaturen zu achten. Nein, das war es nicht.

Es war die Unruhe, die meine Eltern zu einer, wahrscheinlich von höheren Mächten festgelegten Zeit ergriff, die sich erst schleichend, aber dann immer vehementer in ihnen festsetzte. Und nicht nur ihnen erging es so:

Ein Virus schien die ganze Stadt befallen zu haben, dem kaum jemand entgehen konnte. Es herrschte uneingeschränkt Ausnahmezustand: Die Zeit war reif für den Frühjahrsputz!

Schon lange vorher wurden Putzmittel gehortet und ein Schlachtplan entworfen, um das geeignetste Wochenende auszugucken, da ein wesentlicher Faktor das ‚richtige' Wetter war. Es durfte nicht zu sonnig sein (da sich dann die Fensterscheiben nicht blitzeblank putzen ließen), aber auch nicht regnerisch (da sonst das unbedingt notwendige Teppichklopfen buchstäblich ins Wasser fallen würde).

Nach einem für mich schrecklich frühen Aufstehen brachte ich vorsichtshalber alle meine Spielsachen in Sicherheit, und los ging's. Meine

Mutter verschwand zunächst einmal in der Küche, in der sie wild entschlossen Gasofen, Schrank, Tisch, 4 Stühle, Kohlenkasten und den Ausguss bescheuerte. Mein Vater räumte derweil in den anderen Zimmern Möbel von einer Ecke in die andere, um daraufhin unsere Teppiche zusammenzurollen, die nach einem Jahr bedeutend an Gewicht zugenommen hatten. Ich durfte ihm beim Transport zum besagten Hof mit der Klopfstange helfen, die ganze Zeit davor schon darauf achtend, dass uns kein putz- und klopfwütiger Nachbar zuvor kam. Ein Teppich nach dem anderen wurde über das Gerüst gehängt, die großen über die obere, die Läufer über die untere Querstange. Dann wurde aus Leibeskräften mit dem Klopfer, der aus einem weidenähnlichen Geflecht bestand, auf die armen Teppiche eingedroschen, man selbst in einer dicken Staubwolke stehend. Ich selbst probierte mich an den Läufern, die auf meiner Höhe hingen, jedoch ohne großen Enthusiasmus, denn meine Hände bekamen bald die ersten Blasen.

Inzwischen hatte meine Mutter auch die Holzdielen geschrubbt, sodass die Teppiche, fast wie neu, wieder ausgerollt werden konnten. Ich hatte mich zum Putzen der Messingklinken gemeldet (Motto: ‚Sidol' gibt ihren Klinken Glanz), doch für uns alle folgten noch weitere Aktivitäten: Staubwischen, Fenster putzen, Türen abwaschen, Schränke auswischen und aufräumen,

24

Lampen wieder auf volle Lichtdurchlässigkeit bringen. Es blieb jedenfalls kaum ein Quadratzentimeter unserer Wohnung ungeputzt.

Am späten Nachmittag fielen wir dann schließlich erschöpft in die Sessel, schauten stolz und zufrieden auf unser glänzendes Zuhause und freuten uns auf den nächsten Jahresputz.

Und doch gab es tatsächlich noch eine Steigerung des Ausnahmezustandes: Das war der Frühjahrsputz **und** Renovierung der Wohnung! Dies geschah nie mit allen Zimmern gleichzeitig, und das Wohnzimmer wurde allen anderen Räumen vorgezogen, aber mit diesem hatte sich mein Vater auf eine Sache eingelassen, die ihn trotz meiner Hilfe zwei volle Tage beschäftigen sollte.

Der 1. Tag: Alles Erdenkliche, was nicht niet- und nagelfest war, musste aus dem Wohnzimmer entfernt werden, da sich dieses binnen kurzem in eine Nasszelle verwandeln würde. Grund war das ‚Abwaschen' der Zimmerdecke, die mit einer Kalklösung geweißelt war. Das geschah mit einer Malerbürste und an die 10 Eimer mit Wasser, sodass meine Mutter absolutes Verbot bekam, diesen Raum auch nur zu betreten, da es ihren Nerven sicher geschadet hätte. Ja, mein Vater war ein sehr rücksichtsvoller Mensch!

Um zumindest Kopf und Hals vor den Wasserspielen zu schützen, hatte er sich aus einer gefalteten Zeitung einen Spitzhut gebastelt, der ihm ein wenig zu einem ritterlichen Aussehen verhielf. Mit grimmiger Miene ging er in den Kampf.

Nach ca. 2 bis 3 Stunden trat aus dem Zimmer eine gespensterhafte Gestalt, doch es konnte nur mein Vater sein! Die Rittermütze war zu einer schwammigen Masse zusammengeschrumpft und es schien, dass er sämtlichen Kalk von der Decke dazu benutzt hatte, sich ein äußerst sonderbares, weißgetünchtes Aussehen zuzulegen. Doch nach einer halben Stunde weiteren ‚Abwaschens' vor dem Ausguss unserer Küche kam das wahre Äußere wieder zum Vorschein. Dafür gab es eine Kalklache auf dem Linoleum des Küchenbodens. Aber das fiel in den Zuständigkeitsbereich meiner Mutter.

Am gleichen Tag noch wurde die Decke aufs Neue gekalkt und anschließend die Tapeten von den Wänden entfernt, dies auch unter Zuhilfenahme von Wasser, um sie aufzuweichen. Aber nass waren sie ja sowieso schon.

Der 2. Tag: Am nächsten Tag hatte sich das Zimmer dank über Nacht geöffneter Fenster wieder in einen Trockenraum verwandelt, das mit seinen kahlen Wänden einen gar nicht mehr wohnlichen Anblick bot. Es ging an das Tapezieren, bei dem ich endlich mithelfen durfte.

Da der Wandputz eine grobe Oberfläche hatte und leicht abbröselte, wenn man mit der Hand darüber fuhr, musste erst ‚Makulatur' geklebt werden. Hinter diesem mir fremd vorkommenden Begriff verbarg sich das Verkleben der Wände mit alten Zeitungen, die wochenlang gesammelt worden waren, was mir natürlich wegen meines Verdienstausfalls einige Sorgen bereitete. Schließlich wurde in Zimmermitte der Tapeziertisch aufgestellt, auf dem zunächst einmal etliche Tapetenbahnen zugeschnitten wurden. Dies allein verlangte ein Höchstmaß an Konzentration und Logistik, da die wunderschöne Blümchentapete von der einen Bahn zur anderen genauestens mit dem passenden Muster übereinstimmen musste.

Ich hatte das Gefühl, dass ich hier meine noch halb schlummernden Talente auf diesem Gebiet erstmalig umsetzen konnte! Die nächste Arbeit wiederum war von äußerst stupider Natur, denn es galt, auf der einen Seite der Tapetenbahn einen circa 1 Zentimeter breiten Streifen mit der Schere abzuschneiden, ohne Krümmungen und Fehlschnitte natürlich. Diese undankbare Aufgabe wurde leider auch mir zugeteilt.
Inzwischen war der Tapetenkleister streichfertig, der auch nach 2 Stunden (davon 1 Stunde rühren) immer noch mit Klümpchen durchsetzt war, die Tapeten wurden eingestrichen, zusammengefaltet, da sie 10 Minuten ‚ziehen' mussten, und los konnte es gehen:

Mein Vater, die Tapete vorsichtig packend, damit sie nicht zerriss, erklomm die Leiter bis in schwindelerregende Höhe und nach 1-minütigem Kampf mit der widerwilligen Tapetenbahn, die sich nicht wieder öffnen wollte, war schließlich das obere Ende an der Wand festgepappt.

Mir oblag die wichtigste Aufgabe, so fand ich jedenfalls, die Tapete in den mittleren und unteren Abschnitten der riesig hohen Wand mit exakt 1 cm Überstand auf die vorher fertig gestellte Bahn zu kleben. Es klappte hervorragend! Jedenfalls bei den ersten zu tapezierenden Bahnen. Irgendwann jedoch kam die traurige Erkenntnis, dass die Zimmerwände einer vorausgesetzten theoretischen Rechtwinkligkeit leider nicht nachkamen, was zur Folge hatte, dass es stets schwieriger wurde, Horizontale, Vertikale und Blümchen an Blümchen einzuhalten! Von da an klebten wir in stiller Verbundenheit weiter, Vertikalen und die verdammten Blümchen ignorierend, um uns möglichst schnell von dieser frustrierenden Arbeit verabschieden zu können. Es war auch Zeit, denn inzwischen klebten leimbedingt meine Finger zusammen und meine Haare waren so gestylt, dass man annehmen konnte, eine ganze Tube 'Bryl'-Creme wäre draufgegangen. Am Ende jedoch sah alles, zumindest aus einiger Entfernung betrachtet, perfekt aus; wir waren alle zufrieden, und ich wurde für meine unentbehrliche Mithilfe noch mit 3 Mark belohnt.

Aktion ‚Hamster'

Ich habe noch kein Wort über unseren Keller
verloren, der zwar neben unseren Wohnräumen
nur eine untergeordnete Rolle spielte, aber doch
für unser tägliches Leben, vor allen Dingen
Nahrung und Wärme, von immenser Bedeutung
war. Der Eingang zu allen Kellerräumen unseres
Aufganges befand sich gleich gegenüber der
Hauptquereingangstür und ließ sich nur schwer
mit einem alten, verrosteten Schlüssel öffnen. 10
Stufen führten dann in eine andere Welt hinab.
Es war mir immer unheimlich, hier
hinunterzugehen, denn die Wände waren mit
durch Kerzenruß entstandenen Figuren, Furcht
einflößenden Zeichen und Fratzen bemalt, die
mich drohend anblickten. Ein Frösteln überkam
mich stets, zumal, je weiter ich einem
verwinkelten, schmalen Gang folgte, und wegen
fehlender elektrischer Beleuchtung eine Kerze
notwendig war, die ich mit ausgestrecktem Arm
vorantrug. Um wenigstens ein bisschen von der
aufkommenden Angst zu nehmen, pfiff oder sang
ich meist, doch nie so laut, dass man es weiter
oben hören konnte! Doch langsam, sehr langsam
wich mein Unbehagen (wenn auch nicht
gänzlich!), zumal ich oft von meiner Mutter
gebeten wurde, wieder den schnell schrumpfenden
Kohlenbestand in der dazugehörigen Kiste in der
Küche aufzufüllen. Zum Abschluss folgte dann

immer noch der Transport einer Schütte voll Eierkohlen.

Unser Keller, mit einem Holzverschlag abgesperrt, maß etwa 5 mal 4 Meter und hatte als Hauptausstattung eine Werkbank auf der linken Seite zu stehen, auf der allerhand Werkzeug meines Vaters lag, das meiner Beurteilung nach von einem Vorfahren aus dem 17. Jahrhundert durch die Generationen vererbt worden war. Darunter befanden sich: Eine Bohrmaschine mit Handantrieb, die erst bohrte, wenn man ihr mit aufgelegten Oberkörper den erforderlichen Druck verlieh. Eine Säge, die mit einer Hanfschnur zu spannen war. Eine Axt, die immerhin keine Stein-, sondern schon eine Stahlklinge hatte (die aber oft genug beim Schwungnehmen abfiel). Verrostete Nägel in einer verrosteten Schachtel. Ich habe mich immer wieder gewundert, wie mein Vater damit die wunderschönsten Möbel und andere Einrichtungsgegenstände herstellen konnte.

Irgendwann im Herbst geschah es dann: Der Keller verlor von einen Tag auf den anderen seinen Status als Museum und wurde Überlebensdepot für den nahenden Winter.
Zuerst kamen die Männer mit den Briketts. Jeder eine rechteckige Holzkiepe auf dem Rücken, in der ungefähr 40 Presskohlen gestapelt waren. Sie kamen fast im Laufschritt daher, entweder, weil sie die Plackerei schnell hinter sich bringen

wollten, oder weil noch mehr Kunden zu beliefern waren. Denn auch das ‚Kohleneinlagern' war eine kollektive Bewegung, die ganz Berlin erfasst hatte. Schicht an Schicht wurde nun an die Kellerwand gestapelt, von einem regelmäßigen aufschlagenden Geräusch begleitet, wenn die ‚Köhler' eine Reihe von 6 Briketts packten und auf die schon errichtete Kohlenmauer donnerten. Nach ca. 1 ½ Stunden war Kellerdeckenhöhe erreicht, etliche Kubikmeter eingelagert und rechts von den Briketts noch ein beeindruckender Berg von Eierkohlen aufgeschüttet worden. Die schwarzen Männer hatten ihre Arbeit getan, bekamen ein mäßiges Trinkgeld und eilten davon.

Doch im hinteren Bereich des Kellers, unter einem kleinen Lichtschacht, der zum Hinterhof führte, war von meinem Vater bereits ein Holzverschlag vorbereitet worden, ähnlich einer Kiste, die jedoch Abmessungen von 2 x 2 x 1 m hatte. Mir kamen Erinnerungen an meine Umzugskiste und ich konnte mir lebhaft vorstellen, in vier Kubikmeter Bauklötzern herumzuwühlen. Doch es kamen keine Klötzer, sondern Kartoffeln vom Händler auf der anderen Straßenseite. Normalerweise gingen wir mit einer Tasche zu ihm, die dann mit fünf Kilogramm Erdäpfeln Namens ‚Johanna' oder ‚Klara' gefüllt wurde. Dazu bediente er sich einer Mistgabel, die mancher Kartoffel ein frühzeitiges Ende bescherte, denn sie wurde von den spitzen Zinken aufgespießt.

Von der Natur der Kartoffel her konnte hier nicht bis zur Decke aufgeschüttet werden, aber bei Ende der Einlagerung war doch ein ansehnlicher Berg entstanden, der mir und meiner Schwester in den nächsten Monaten unsere über alles geliebten Quetschkartoffel-Gerichte sichern sollten. Der Rest war für unsere Eltern.

Leben braucht Licht und muss wachsen. So entdeckte ich, dass die Kartoffeln auch Lebewesen waren, da sie nach mehreren Wochen begannen, weiße Keime dem Lichtschacht entgegen zu strecken, was meine Mutter aber nicht von der Überzeugung abbringen konnte, dass dies immer noch die besten und köstlichsten Kartoffeln waren, die je auf den Tisch kamen.

Rechts neben dem Kellereingang wurde Brennholz aufgestapelt. Woher dies kam, ist mir nie gesagt worden, und obwohl es Stücke von Baumstämmen waren, konnte ich glücklicherweise in unserer nächsten Umgebung keinen Kahlschlag entdecken. Diese Stücke wurden nach Bedarf auf einem Hauklotz mit der Axt in ofengerechte Scheite zerkleinert, wobei ich ab und zu auch mal die Axt schwang, sehr zum Entsetzen meiner Mutter, als sie davon hörte.

Ein Blick auf den aus den Fugen krachenden Keller sagte mir, dass wir wohl etliche Jahre versorgt sein würden und ich schloss beruhigt die Kellertür hinter mir ab.

Wash'n Roll

Es gab allerdings noch ein Ereignis, das periodisch wiederkehrte. Nein, in diesem Fall nicht Weihnachten, auch nicht Ostern oder mein Geburtstag, denn diese, aus dem jährlichen Ablauf nicht wegzudenkende Aktion fand ungefähr alle zwei Monate statt: Es war Waschtag!

Wo die zwei Monate lang gesammelte dreckige Wäsche in dieser Zeit verstaut war, bleibt mir ein Rätsel. Auch wunderte ich mich darüber, dass meine saubere Kleidung so lange reichte, obwohl ich nicht gerade mit üppiger Ausstattung gesegnet war. Vielleicht wurde auch nicht so oft gewechselt.

Bergeweise Wäsche wurde mit Hilfe von Körben und Wannen in das Dachgeschoss getragen, dort befand sich ein Waschraum samt Waschkessel. Dieser Kessel war eigentlich ein riesengroßer Topf mit Deckel, der mit einer runden, hellbraun angestrichenen Mörtelwand umhüllt war und durch eine weiter unten gelegene Klappe mit Holz und Kohle beheizt wurde. Wasser wurde hineingefüllt, aufgeheizt, und dann folgten die Wäsche und Unmengen ‚Persil'. Mit einer langen Holzstange wurde dann die Wäschesuppe gerührt, bis die Armmuskeln nichts mehr hergeben konnten. Der genaue Waschablauf mit Kochen, Spülen und nochmals Spülen war weniger interessant für mich, da es stets noch etwas zu waschen gab: Meine Schwester und mich! Dies soll nicht heißen, dass wir zwei Monate lang nicht mit Wasser in Berührung kamen, jedoch war das tägliche Säubern vor unserem Küchenausguss eine umständliche und langwierige Prozedur, die man gerne abkürzte. So hatten wir aber endlich Gelegenheit, ein ‚Bad' zu nehmen. Dazu wurde in der Mitte der Waschküche eine ovale Zinkwanne aufgestellt, in die ich mit dicht angezogenen Knien komfortabel hineinpasste. Mit einem Stück Seife und einigem Spielzeug ausgestattet, verbrachte ich so ein bis zwei Stunden, während meine Mutter damit beschäftigt war, ab und zu heißes Wasser nachzugießen.

Als ich schrumplig wurde und auch den Eindruck hatte, dass ich durch und durch sauber war, wurde ich in einen Badetuch gewickelt und verschwand schnell in unserer Wohnung.

Inzwischen war das übrige Dachgeschoss zum ‚Trockenboden' umfunktioniert worden. Der Dachboden bot wie der Keller durch seine Verwinkelungen und Nischen und durch das dämmrige Licht, das die wenigen kleinen Dachluken hineinließen, eine ähnlich unheimliche Atmosphäre wie der Keller. Aus allen Ecken hörte man undefinierbare Geräusche, nur übertönt durch die knarrenden Bodendielen, die hier beim Betreten um ein Vielfaches mehr nachgaben als die in unserer Wohnung. Man konnte direkt auf die spinnwebübersäten Dachschindeln schauen, durch deren Fugen stets ein Windzug in den Raum gelangte. Daher sicher auch ideal zum Trocknen der Wäsche.

Die Holzkonstruktion des Daches war durch uns und andere Mieter schon seit langem mit eingeschlagenen Nägeln und Haken übersät, zwischen die nun unendliche Meter von dünnem Seil gespannt wurden. Wieder eine Logistik-Frage, denn die Wäsche sollte möglichst gleichmäßig über den Dachboden verteilt werden. Nachdem alle Wäsche aufgehängt war, kam man sich vor wie in engen Straßen Neapels. Dies sagte jedenfalls mein Vater, denn ich kannte Neapel ja nicht! Aber er auch nicht.

Das Trocknen dauerte je nach Witterung ein bis zwei Tage, dann war auch schon Eile geboten, die Leinen wieder frei zu machen, weil ansonsten die darauffolgenden Wäscher egoistisch und ignorant unsere Wäschestücke zusammenschoben, um für sich und ihre Plünnen Platz zu schaffen. Die Folge waren Falten in den Aufhängkanten und eine nicht wieder gut zu machende allgemeine Verknüllung.

Am kommenden Tag wurde dann unser Transporter - ein kleiner hölzerner Ziehwagen mit vier Rädern und Deichsel - klargemacht, mit 2 überhoch gefüllten Wäschekörben beladen und los ging es in die ca. 1 km entfernte Zwinglistraße, zur Drogerie ‚Passoke'. Diese Drogerie gehörte den Eltern einer ehemaligen Schulfreundin meiner Mutter und bot im Hinterstübchen einen Service, auf den wir angewiesen waren: Eine sogenannte ‚Rolle'. Dies war ein mächtiges hölzernes Gestell, in dessen Rahmen zwei großdiametrige Holzrollen aufgelagert waren, die wiederum durch einen Motor angetrieben wurden.

Die Wäschestücke wurden nun in den schmalen Schlitz zwischen den Rollen eingelegt und einmal von diesen komplett durchgezogen. Das Ergebnis, das diese wunderbare Maschine langsam hinausschob, war ein perfekt glattes Wäschestück, das sofort penibel gefaltet und in den Korb zurückgelegt wurde. Ich fand das Gerät faszinierend, vor allem, weil es bei seinen Aktivitäten ächzte und stöhnte, knarrte und knackte, ratterte und quietschte. Und es war gefährlich, denn beim Einlegen der Stücke hatte man äußerst aufzupassen, dass kein Finger (oder mehr) in die mahlenden Rollen gezogen wurde. Die Geschichte vom plattgewalzten Max und Moritz stand mir hier stets eindrucksvoll vor Augen.

Das Falten der großen Stücke Bettwäsche erforderte noch einmal eine herausragende technische Meisterleistung, da die Knicke exakt sein sollten wie die Hosenbügelfalten beim Militär und zudem die Wäschestücke nach erfolgter Faltung eine Größe haben mussten, dass sie später das Schrankfach genauestens ausfüllten. Doch meine Mutter hatte das, sicherlich durch jahrelange Übung, bestens im Griff.

Alles wurde dann wieder auf unserer ‚Draisine' zurücktransportiert, ich oft thronend auf den Wäschebergen sitzend, und zuhause in den Schränken verteilt, wo es dann seiner Benutzung harrte und der nächsten Waschprozedur in 2 Monaten.

Mein Clan

Ich war nicht allein auf der Welt und in unserer Wohnung lebten, und das wird dem Leser nicht entgangen sein, außer mir mein Vater, meine Mutter und meine Schwester. Es ist hier an der Zeit, sie kurz vorzustellen, da sie ja nicht unwesentlich mein Leben und meine Entwicklung beeinflusst haben.

Mein Vater, mit 34 Jahren Unterschied etwas älter als ich und gebürtiger Pommer, war ein großer, schlanker und gut aussehender Mann, nach dem (gemäß seiner Aussage) während der im letzten Weltkrieg während Besatzungszeit in Griechenland alle hellenischen Mädchen schmachteten. Er hatte sich fest vorgenommen, dort wieder einmal Urlaub zu machen, um seine ‚Verflossenen' zu besuchen, aber irgendwie scheiterte das wohl an einem instinktiven und natürlichen Desinteresse meiner Mutter an einem griechischen Ausflug! Mein Vater war generell ernst und schweigsam, ein Mann, der nur selten spontan aus sich herausging, doch ich mochte ihn sehr, vor allen Dingen wegen der Ruhe, die er ausstrahlte, seines Gerechtigkeitssinns und seines Wissens, das er sich trotz weniger Schuljahre im Laufe der Jahre durch Lesen angeeignet hatte. Und er war enthusiastischer Liebhaber klassischer Musik.

Ursprünglich mit einer kaufmännischen Ausbildung ausgestattet, war es schwierig, nach Rückkehr aus der Gefangenschaft darin wieder den richtigen Einstieg zu finden. Glücklicherweise fand er Beschäftigung in einer Tischlerei, die einem Verwandten gehörte, was zur Folge hatte, dass er die Hälfte unserer Einrichtung bald selbst zimmern konnte: Schränke, Regale, Couchtische und einen wundervollen Nierentisch mit aufragenden Bambusrohren für unsere Blumentöpfe.

Ein weiterer, nicht unerwähnt bleibender Vorteil war unsere Versorgung mit Brennholz aus den Holzabfällen der Tischlerei. Das war der Grund, warum mein Vater stets mit leerer Aktentasche zur Arbeit ging und mit einer prall gefüllten nach Hause kam! Später fand er dann doch wieder Einstieg in den kaufmännischen Bereich, erst bei ‚Olympia-Schreibmaschinen', dann beim Berliner Senat für Bau- und Wohnungswesen, wo er bis zu seiner Rente tätig war. Nicht, dass ihn die letzte Tätigkeit übermäßig begeisterte, doch er war immerhin jeden Tag auf die Minute genau nachmittags zum Essen zuhause.

Obwohl zurückhaltend, war mein Vater der uneingeschränkte ‚Chef' in unserer Familie, der nicht nur Entscheidungen hinsichtlich der Weltpolitik traf, sondern bei uns in Personalunion

Minister für Finanzen, Kultur, Arbeit, Wirtschaft und Verteidigungspolitik war!

Meine Mutter war 9 Jahre jünger als er und ihre Bekanntschaft mit ihm reichte bis in die Kindheit zurück, als meine Mutter, in Berlin geboren, des öfteren Urlaub in pommerschen Gefilden, nämlich Treptow an der Rega, machte. Noch während des Krieges wurde geheiratet und dann begann für meine Mutter das lange Warten, das dann doch schließlich mit der Heimkehr meines Vaters einen glücklichen Ausgang fand. Meine Mutter war schlank, hübsch und besaß ziemlich dunkle Haare. Ihr Temperament und ihr Redefluss waren naturgemäß mehr von berlinerischer als von pommerscher Prägung.
Eine gute, ja fast begnadete Köchin war sie erst, als meine Großmutter meinte, ihr alles beigebracht zu haben. Sie war jedoch gerne in der Küche tätig, strickte und nähte gern, und konnte mir und meiner Schwester aufgrund ihrer sehr guten Schulausbildung später oft bei unseren Hausaufgaben helfen.

Der Zeit und Not gehorchend nahm sie irgendwann eine Halbtagsbeschäftigung an, erst bei einem karitativen Verband, dem ‚Wichernheim', und schließlich in der Geschäftsstelle des Schullandheimverbandes in der Gotzkowskystraße. Hier half ich ihr ab und zu bei der Herstellung von Schriftstück-

Vervielfältigungen, die mit einer sogenannten ‚Matrize' hergestellt wurden und wegen des schwarzen Druckpulvers stets in einem Chaos von verdreckten Händen und Kleidungsstücken endete.

Meine Mutter war es, die meine Schwester und mich oft in Schutz nahm, wenn wir irgendetwas angestellt hatten, denn aus unserem ruhigen Vater wurde dann oft ein zorniger Rachegott, der auch zu einem dünnen Rohrstock griff, der drohend auf dem Kachelofen im Wohnzimmer lag. Doch dieser kam äußerst selten zum Einsatz.

Ich wurde im zweiten Nachkriegsjahr geboren, und da ich allein so traurig aus der Babywäsche guckte, hatte ich 17 Monate später ein Schwesterchen neben mir.
Sie hieß Bärbel. Auf unserer Kommunikations-ebene teilte sie mir mit Bedauern mit, dass sie nicht Barbara hieße, das hätte ihr weitaus besser gefallen. Aber unsere Eltern meinten, mit diesem Namen wird sie später sowieso nur Bärbel genannt, also warum nicht gleich so! Widerspruch jedoch führte in unserem Alter noch zu keinem richtigen Erfolgserlebnis.

Für mich war sie pflegeleicht, da jünger, doch mit ihrem Durchsetzungsvermögen, und das schon im jüngsten Alter, hatten es meine Eltern manchmal nicht leicht mit ihr. Der ‚pommersche Dickkopf' war jedenfalls **ihr** vererbt worden! Sie hatte Charme und konnte äußerst unschuldig gucken, aber das war mein Empfinden. Ihrer natürlichen Schönheit setzte bald eine eingerollte Haarlocke in Kopfmitte, ein sogenannter ‚Hahnenkamm', die Krönung auf.

Ich mochte sie so sehr, dass ich sie eines Tages aus ihrem Laufgitter befreien wollte. Meine Schwester war natürlich einverstanden, und so packte ich ihren Hals und versuchte, sie über das Gitter zu ziehen. Meine plötzlich auftauchende Mutter setzte dieser Befreiungsaktion sofort ein Ende und bewahrte so mein Schwesterchen vor dem drohenden Erstickungstod.

Bei Aktivitäten auf der Straße trennten sich meist, gruppen- und geschlechtsbedingt, unsere Wege, doch zuhause konnten wir stundenlang zusammen spielen. Immer neue Bauklötzer-Häuser wurden für ihre Puppen gebaut, Autos vom Stabilbaukasten, um mit ihnen Ausflüge zu machen, und nicht zu vergessen die Mini-Küche, in der in einer Mini-Pfanne auf Mini-Flamme echte Eierkuchen gebacken werden konnten. Ohne sie (meine Schwester, doch auch die Eierkuchen) wäre meine Jugend ein ganzes Stück langweiliger gewesen.

Nicht in unserer direkten Umgebung lebend, aber doch äußerst präsent war meine Oma, die noch immer in der Beusselstraße 25 wohnte. Sie war eine kleine, ja zierliche, stille und bescheidene Person, so, wie man sich eine liebe und herzensgute Oma vorstellt. Geboren in Sachsen (aber glücklicherweise nicht sächsisch sprechend) als 13. Kind, hatte sie es sicher nie leicht in ihrem Leben.

In Vorkriegszeiten arbeitete sie als Hausangestellte in reichen jüdischen Familien in Berlin, und vieles von der dort üblichen Etikette hat sie uns, und dafür bin ich dankbar, übermitteln können. Sie hatte leider mit zunehmenden Alter Gehschwierigkeiten, sie nannte es ‚Schaufenster-Krankheit', da sie auf der Straße wegen starker Schmerzen in den Füßen an jedem zweiten Schaufenster Halt machen musste.

Da meine Mutter tagsüber nicht zuhause war, kümmerte meine Oma sich um unser Mittagessen und hatte dabei die wunderbare Gabe, oft aus Nichts die wundervollsten Gerichte zu zaubern. Spätestens vor Heimkommen meines Vaters war sie wieder verschwunden, und ich fühlte, dass zwischen beiden nicht gerade das harmonischste Verhältnis auf dieser Welt bestand. Aber das sollte sich später bessern.

Da unsere Oma für meine Schwester und mich eine wichtige Rolle in unserem Leben einnahm, werde ich später noch von ihr berichten.

Ja, das war unsere Familie. Irgendwann gehörte auch noch ein Wellensittich namens ‚Peter' dazu, der ab Einzugstag etwas gestört war, da wir ihn, so jung wie er war, wegen Entfleuchens eine Stunde lang mit dem Schrubber einfangen wollten. Von diesem Tag an saß er meist ruhig auf seiner Stange, knabberte an seinen Jod-S11-Körnchen, und wurde schließlich, als er im hohen Alter an der rechten Pfote Gicht bekam, in das Wellensittich-Altersheim einer guten Bekannten gegeben, wo er mit Rentnerinnen seiner Gattung anbändeln konnte.

Frühlingsgefühle

Der Frühjahrsputz war nicht allein Anzeichen dafür, dass eine neue, wunderbare erfrischende und energiegeladene Jahreszeit begonnen hatte. Schon Wochen davor fühlte ich mich lockerer, beschwingter und zu neuen Taten und Abenteuern beflügelt: Der Frühling nahte!
Und mit ihm Unternehmenslust, Lust auf Sonne, die sich meist versteckt hatte, und ein wunderbares Gefühl, mit der ganzen Welt in Einklang zu sein.

Mein Wunsch nach viel Sonne hatte sicher als Ursprung die Absicht meiner Eltern, einem oft kranken und blassen Jungen etwas Bräune aufzusetzen, auch wegen der so wichtigen UV-Komponente fürs Wohlbefinden. So wurde ich, als die ersten warmen Sonnenstrahlen (trotz noch fröstelnder Winterzeit) über unseren Hinterhof hinweg die Schlafzimmerfenster erreichten, in Decken gewickelt, auf einen Stuhl platziert und vor das offene Fenster gesetzt. Es war angenehm, ja, ich genoss es, und versuchte zwischendurch immer wieder, mit einem Auge in die Sonne zu gucken, um zu erkennen, was dort vor sich ging. Die Erkenntnis blieb mir damals verwehrt, doch immerhin hatte dies zur Folge, dass ich in meinem weiteren Leben bestens ohne Sonnenbrille zurecht kommen sollte.

Besonders schön waren natürlich die Wochenenden. Ich konnte etwas länger schlafen, es gab Frühstück im Wohnzimmer im Kreis der ganzen Familie, und es gab frische Brötchen, die mein Vater oder ich beim Bäcker ‚Kalweit' holten, der unter vielen Backwaren auch leckere ‚Amerikaner' , weiße und braune, verkaufte.

Die Frühjahrssonne strahlte durch das große (und geputzte) Fenster ins Wohnzimmer, aus dem Radiolautsprecher tönten die neuesten James Last-Melodien (Non Stop Dancing) und die Welt war rundum in Ordnung. Nach dem Frühstück wartete ich mit meiner Schwester sehnsüchtig auf die sonntägliche Sendung mit ‚Onkel Tobias'. Andächtig lauschten wir den Erzählungen, Liedern, Basteltipps und Geschichten aus Berlin, und diese eine Stunde verging wie im Fluge. Etwas traurig vernahmen wir am Schluss der Sendung: ‚Am nächsten Sonntag pünktlich dann, stellt wieder ihr das Radio an und seid mit eurem RIAS zu Gast bei Onkel Tobias'. Eine Woche mussten wir nun warten, bis uns diese Melodie wieder vor das Radio holen sollte: ‚Der Onkel Tobias vom RIAS ist da und singt für euch seine Lieder, ...'

Es war auch die Zeit, in der dann und wann etwas Leben in die Hinterhöfe einkehrte. Regelmäßig kam ein Leierkastenmann, der von Haus zu Haus zog und seine meist altberliner Weisen abkurbelte.

48

Wir erbettelten uns bei unserer Mutter ein paar Groschen und baten damit um ein paar Zugaben. Auch andere Künstler gaben sich die Ehre: Akkordeonspieler, Geiger, Trompeter und Sänger, denen ein paar in Papier eingewickelte Münzen aus dem Fenster zugeworfen wurden, die manchmal leider auch trafen. Wieder andere ohne künstlerisches Talent, dafür als Ein-Mann-AG tätig, boten Schnürsenkel, Seifen, Töpfe, Gemüse, Bleistifte und Messerschliffe an, und zogen selten ohne ein paar verkaufte Kleinigkeiten in das Nachbarhaus weiter. Schließlich kamen noch die Lumpensammler, die jedoch mit ihrer Geschäftsidee in diesem Jahrzehnt nicht die optimalen Erträge erwirtschafteten, da jeder ,Lumpen' als Putztuch seine Wiederauferstehung fand.

Schließlich blühte auch der elementare, aus Urzeiten herübergerettete Tauschhandel: ,Brennholz für Kartoffelschalen!! Brennholz für Kartoffelschalen!!' hörte man schon einige Zeit vorher aus den Nachbarhöfen rufen. Handliche kleine Bündel Ofenholz und Kartoffelschalen tauschten so den Besitzer. Wir waren glücklich über ein weiterhin warmes Wohnzimmer, und der Schalen-Mensch war glücklich, dass er wieder Nachschub für seine kartoffelschalsüchtigen Tierchen hatte. Oder doch Kartoffelsuppe?
Die stets wärmer werdenden Tage entfachten Lust auf Entdeckungstouren in die nähere Umgebung,

und besonders im Frühjahr blühte das Geschäft eines Roller- und Fahrrad-Verleihs in der Waldstraße, unserer östlichen Parallelstraße. Von der Sparausführung bis zur Luxusklasse konnte man alles anmieten: Einfache Holzroller, gummibereifte Tretroller, ‚Bambi'-Räder und Fahrräder, die für mich noch zu groß waren. Ich griff daher auf die Mittelklasse zurück und raste glücklich 2 Stunden lang (mehr Mietzins gab meine Hosentasche nicht her), Fußgänger, Bordsteine und Verkehrsregeln ignorierend, mit meinem glitzernden Rädchen durch Moabit.

Nur die Verkehrspolizisten auf der Kreuzung Turm-, Wald-/Gotzkowskystraße forderte ich sicherheitshalber nicht heraus. Die bemitleidete ich sogar, denn es gab noch keine Ampel, und so standen sie den ganzen Tag in Kreuzungsmitte mit der undankbaren Aufgabe, ihre Arme in horizontale und vertikale Positionen zu schwingen, und sich darüber hinaus um die eigene Achse drehen zu müssen. Zu Weihnachten allerdings wurden sie von den Autofahrern, die immer schnell über die Kreuzung gelassen wurden, oft reichlich belohnt, denn es stapelten sich in Kreuzungsmitte und um die Polizistenfüße herumplatziert, bergeweise Geschenkpäckchen und Getränkeflaschen. Immerhin waren sie unsere ‚Schutzmänner' oder ‚Schupos'.

Sonntags war auch die Zeit, in der mein Vater mit uns ausgedehnte Spaziergänge unternahm, erstens, weil er es mochte und sich gerne in der ‚freien Natur' aufhielt, zweitens, weil meine Mutter sich derweil mit Kochrezepten und –töpfen auseinander setzte, um uns bei Rückkehr einen köstlichen Sonntagsschmaus präsentieren zu können. Während dieser Vorbereitungsphase wollte sie unbedingt ungestört bleiben! Also wanderten wir: In die Rehberge am Plötzensee entlang, zum daneben liegenden Friedhof, um meinen Großvater zu besuchen, oder in den nicht so fern gelegenen Ottopark an der Turmstraße, der immerhin einen Spielplatz hatte. Meine Schwester und ich vergnügten uns im Buddelkasten oder an den Turngeräten und unserem Vater blieb genug Zeit, um auf der Parkbank in Ruhe seine Zeitung zu lesen. Für alle Beteiligten das perfekte Freizeitvergnügen.

Ausflüge unter drei Stunden wurden bei uns gewohnheitsgemäß ohne Proviant, geschweige denn Getränke absolviert. Das hatte zur Folge, dass wir auf dem Rückweg vom Plötzensee spätestens ab S-Bahnhof Beusselstraße, körperlich fertig und ausgedörrt, nach etwas zu Trinken jieperten und das, soweit wir dazu noch fähig waren, auch lautstark vorbrachten. Der Erfolg heiligte die Mittel, denn wir machten dann fast regelmäßig Halt in einer Kneipe kurz vor der Kirche, in der wir uns dem Fassbrause-Genuß hingaben. Es waren zwar nur noch 400 m nach Hause, aber dort gab es keine Fassbrause.

Osterhase auf Besuch

Und dann kam Ostern im Sauseschritt auf uns zu. Es machte zwar Weihnachten als Primadonna der Feste nicht den Platz streitig, aber schon allein durch die bloße Tatsache, dass es mit dem Frühling, und auch mit Geschenken verbunden war, fiel dem Osterfest eine Sonderrolle zu. Es war nicht das lange Warten bis zum Heiligabend, aber es gab genügend Anzeichen dafür, dass das Fest kurz vor der Tür stand.

Es begann mit der Gestaltung von Ostersträußen, meist aus Forsythienzweigen, die noch nicht in Blüte standen und die deshalb nach Schmuck schrieen. Es kamen daher die Tage, an denen es an Rührei, Zucker-Ei und Omelett nicht mangelte, da etliche Eierhüllen durch Ausblasen von ihrem Inneren befreit werden mussten. An beiden Enden (Wenn man beim Ei überhaupt von einem Ende reden kann! Also an den zwei Seiten, die dem Ei-Mittelpunkt am weitesten entfernt lagen. Toll erklärt!) wurde der Ei-Schale ein kleines Loch verpasst, das eine, um angestrengt mit vollen Pausbacken hineinzublasen, das andere, um den Ei-Inhalt hinaus zu befördern, möglichst nicht auf den Tisch, sondern in eine Schüssel. Hohler konnten Eier nicht sein. Dafür durften sie eine erstaunliche Renaissance erleben: Sie wurden von uns mit Tuschefarben in allen Mustern bemalt oder erhielten an ihrer Oberfläche Abziehbilder, wobei das endgültige Kunstwerk durch fehlende Erfahrung in dieser Disziplin oft in einer zusammengeschrumpelten Karikatur des eigentlich vorgesehenen Meisterwerkes endete. In die Ausblasöffnung wurde dann mit einem Stückchen Streichholz und Nähgarn eine Aufhängung gebastelt und schon erstrahlte der Osterstrauß in vollem Glanz.

Das zweite Anzeichen war das heimliche Kaufen und Horten von Schokoladeeiern jeglicher Art, unter anderem auch mit solchen, die ‚Knickebein' als Füllung hatten. Was immer sich hinter diesem Namen verbarg: Ich mochte sie nicht; doch sie waren jährlicher Bestandteil der Ostereier-Kollektion! Ab einem bestimmten Lebensjahr, ich weiß nicht mehr, welches, gab es für uns leider keinen Osterhasen mehr (wie hätte **ein** Hase auch kurzfristig die halbe Welt beliefern können!), sondern die von unseren Eltern ausgesuchten Versteck-Plätze, die wir natürlich kannten!
Und dann war da noch die Entscheidung über das österliche Festmenü, die, sobald diese getroffen war, in einer weiteren Einkaufs-Eskalation für Hammelkeulen, Osterhühner und Osterhasen ihren Fortgang nahm.

Endlich, endlich der Ostersonntag! Erst noch zum Gottesdienst in die Kirche, der vor Ungeduld zappelnd durchgestanden wurde, und dann die Ostereiersuche in der Wohnung.

Mehr oder weniger gut versteckt, fanden sich fast alle in unserem Sammelkörbchen wieder, doch viele wurden erst bei der nächsten Renovierung oder geschmolzen bei der nächsten Lampenreinigung entdeckt.

Es waren trotzdem immer genug und gleich darauf folgte ja auch das üppige Festmahl. Der mitten im Wohnzimmer stehende ovale Tisch, versehen mit der weißesten Damast-Tischdecke, die ich je gesehen hatte, war mit dem goldgeränderten Feiertagsgeschirr gedeckt, das mit den Spitzenleistungen der Kochkunst meiner Mutter gefüllt war. Wir schwelgten im Genuss, und mein Vater ließ sich als Folge zweier Gläser Wein zur Mitteilung folgender Verse hinreißen: ‚Der Vater rülpst, die Kinder lachen; so kann man mit wenig Freude machen!' Ich schwieg lieber dazu.

Satt vom vielen Essen an diesem Tag und von unzähligen Schokoladeneiern fielen wir abends schließlich todmüde und glücklich ins Bett.

Was übrigens die Abende betraf, und damit verbunden (erst recht in unserer Schulzeit) das zeitige Zubettgehen braver Kinder, so hatten, so glaube ich, unsere Eltern wenig Probleme mit uns, da wir gegen Abend meist ‚ausgepowert' nach Hause kamen und nichts sehnlicher wünschten als unser Bett.

Doch nicht immer! Denn es gab zwei Sendungen im Radio, die erst abends im Programm waren und die ich unbedingt hören musste: Das waren

‚Es geschah in Berlin (eine Sendung mit der Berliner Kriminalpolizei)', Mörder- und Raubgeschichten, die von der Polizei natürlich zur Zufriedenheit der gesamten Zuhörerschaft aufgeklärt wurden; und 'Die Insulaner', eine Sendung von und mit Hans Rosenthal und seinen Anmerkungen über unsere ‚Brüder und Schwestern' aus dem Osten, deren Redner und Fürsprecher ein gewisser russischer ‚Dr. Quatschni' war. Ich fand die Sendung aber vor allen Dingen interessant, weil Quiz- und Aktionsaufgaben innerhalb von 2 Stunden gelöst werden mussten, wie einmal das Sammeln von aufgebrauchten Fahrscheinheftchen der BVG, die damals von den Schaffnern nach Abreißen aller Fahrscheine in die Papierkörbe der jeweiligen Bus-Endhaltestelle geworfen wurden.

Aber die Frühlings- und nahende Sommerzeit hatte für mich noch viel mehr zu bieten.

Die Clique

Obwohl ich nach Meinung meiner Eltern ein ausgesprochener ‚Stubenhocker' war, der unzählige Stunden mit Klötzern und Stabilbaukasten, aber auch Schmökern in Büchern (besonders ‚Petzi' und Karl May), Atlanten und Lexika (Knaurs Jugendlexikon) verbringen konnte, waren ein wesentliches Spielterrain für mich auch die angrenzenden Straßen mit den vielen Aktions- und Entdeckungsmöglichkeiten.

Es war damals glücklicherweise noch die Regel, dass die meisten Klassenkameraden nur wenige Gehminuten von der Schule entfernt wohnten, so dass man sich, ohne große Verabredungen zu treffen, oft spontan auf der Straße für gemeinsame Unternehmungen traf.

Zu meinem festen Freundeskreis - und Straßen-erlebniskumpels - gehörten, und ich denke, sie wären damals wie heute mit der Nennung ihrer Namen einverstanden, meine Klassenkameraden Hans-Joachim, Peter, Wolfgang und Bernd.

Obwohl mit unterschiedlichen Charakteren ausgestattet, kam ich doch ich mit allen bestens zurecht, und das lag sicher an meiner ausgeprägten Anpassungsfähigkeit, die mich natürlich manchmal einschränkte, aber oft auch ungeahnte Möglichkeiten zur Erkundung von Neuem in sich trug. Außerdem bin ich vom

Sternbild her Zwilling, und das ließ mich sowieso immer auf verschiedenen Ebenen agieren.

Hans-Joachim war Sohn von Eltern einfacher Herkunft, jedoch versuchten sie alles, ihm eine gute Schulausbildung zukommen zu lassen, was jedoch nur halbwegs gelang. Damals machte ich mir darüber auch noch keine großen Gedanken; ich mochte ihn, da wir bei unseren Aktivitäten gleiche Interessen teilten: Fahrradfahren, neue Straßen und Häuser erkunden, Bewegung aller Art, wozu bei ihm allerdings auch Fußball gehörte, dem ich von früh an nie sehr viel abgewinnen konnte. Und doch spielten wir zu zweit stundenlang auf ein auf eine Wand aufgemaltes Tor und versuchten, unzählige Elfmeter zu halten. Er gewann immer an Punkten, und die einzige Ausrede, die mir einfiel, war, dass der Elfmeterpunkt nur 4 Meter vor der Mauer lag, denn der Bürgersteig war nicht breiter.

Sein Ideen-Reichtum an Unternehmungen, oft auch an der Grenze des Erlaubten, ging nie aus, und vielleicht fand ich gerade das reizvoll. Und er war immer da, wenn ich ihn brauchte oder ich mich, was allerdings selten vorkam, langweilte. Wir konnten in unsere gemeinsamen Phantasien eintauchen. So bauten wir manchmal in unserer Küche ein U-Boot auf, die tragende Konstruktion aus Stühlen, die Außenhaut aus Decken (vom Schlafzimmer entwendet). Wir fuhren durch sämtliche Weltmeere und hatten natürlich den

Atlas dabei! Da Seeleute bei Kräften bleiben mussten, übernahm ich nebenbei noch die Kombüse und zauberte ein Gericht, das der gesamten Besatzung am meisten schmeckte: Schokobrei aus Milch, Zucker und Kakao. Überaus gestärkt konnten wir dann das nächste Ziel ansteuern, bis der Weltumrundung durch meine Mutter, die plötzlich am Horizont auftauchte, durch fadenscheinige Gründe ein jähes Ende gesetzt wurde.

Ein weiterer kulinarischer Höhepunkt erschloss sich durch seine Mutter, die mich und meine Schwester sicher einmal pro Monat zum Hefeklöße-Essen einlud, denn wie keiner auf der Welt konnte nur sie so herrliche Klöße zaubern, gefüllt mit Butter und Zimt, und dann überschüttet von süßem Backobst-Kompott. Wir genossen dieses himmlische 5-Sterne-Restaurant.

Peter wohnte mir am nächsten, nur etwa 400 m die Beusselstraße hinauf, im gleichen Haus wie der von mir so geliebte Modell- und Eisenbahnladen.

Peter sah immer schmal und blass aus (na gut, ich auch!), aber stand damit im Gegensatz zu seinen Eltern, bei denen eine nicht nachkriegsgemäße Fülle bemerkenswert war, aber die ich auch nie auf Spaziergängen beobachten konnte. Dafür hatten sie etwas ganz Besonderes: Nämlich einen Fernseher! Dieser prunkte im Mittelpunkt des Wohnzimmers und war dennoch unerreichbar: Er befand sich nämlich in einer Art Kommode, die dazu noch abschließbar war. Schlüsselgewalt hatte nur Peters Vater. Es blieb mir jedenfalls versagt, auch nur einmal den spannenden Moment zu erleben, dass sich der Wunderkasten öffnen und spannende Bilder präsentieren sollte.

Also mussten wir uns unsere Western-Stories selbst gestalten. Die Prärie mit angrenzenden Canyons lag gleich hinter der Beusselbrücke links auf den ‚Gebauer Wiesen'. Das klang zwar nicht unbedingt indianisch, verhinderte aber nicht, dass Peter, meine Schwester und ich das Gebiet zum Indianer-Territorium erklärten, in dem sich zwei Stämme befehdeten, nämlich Peter gegen meine Schwester und mich. Wobei ich natürlich im Nachteil war, denn ich musste kämpfen und außerdem noch meine Squaw verteidigen, die zum besseren Erkennen mit einer Hühnerfeder im Haar geschmückt war, während ich immerhin einen kompletten und langen Federschmuck am Kopf trug (selbstverständlich Adlerfedern!).

Mit selbstgeschnitzten Pfeilen und Bogen schossen wir aufeinander, robbten durch das Gelände, bauten in Friedenszeiten unsere Wigwams auf und rauchten dann unsere Friedenspfeife.

Es war der Wilde Westen pur und wir waren frei und unabhängig, bis uns schließlich der mit der Dämmerung verbundene Rückzug in die Beusselstraße und der Schreckensruf unserer Mutter über unser äußeres Erscheinungsbild (na klar: Indianer nach einer Schlacht!) wieder vor das Waschbecken und der damit verbundenen körperlichen Reinigung und geistiger Läuterung brachte.

Das sind meine wesentlichen Erinnerungen an Peter.

Wolfgang war wieder anders, und auch besonders. Er hatte eine schmale, beinahe asketische Figur und war damit natürlich sportlich in der obersten Klassenebene anzusiedeln (schulleistungsmäßig allerdings auch, womit, nachträglich betrachtet, sich eine meiner erfundenen Theorien bestätigte, dass erfolgreiche Sportler auch zu anderen Leistungen, welche auch immer, prädestiniert sind. In anderen Worten: ‚Mens sana in corpore sano.')

Bei den 100m-Läufen in der Sportstunde war er immer der Schnellste, und sein großes Idol war Martin Lauer, damals erfolgreicher 400m-Läufer.

Wolfgang war auch derjenige, der politisch auf dem aktuellsten Stand war. So konnte er aus dem Stehgreif sämtliche aktuellen Minister der Bundesregierung nennen, deren Namen eigentlich neben Winnetou und Old Shatterhand noch keinen echten Platz in unseren Gehirnen gefunden hatten.

Seine Eltern besaßen eine Bäckerei in der Waldstraße. Die war auf den täglichen Bedarf ausgerichtet, d.h. im Angebot waren Schrippen, Brote, aber auch Kuchen und Schlagsahne. Sehr zum Leidwesen beider Geschäftsleute gab es ca.

300 m entfernt in der Wiclefstraße eine Konditorei, geführt durch die Eltern eines weiteren Klassenkameraden, auch mit Namen Peter, der recht hochnäsig auftrat, weil er überaus schön war und seine Eltern eben die erwähnte Konditorei besaßen.

Im Flur zwischen Laden und Wohnung stand ein überdimensionaler Kühlschrank, der ab und zu auch Eis für uns bereitstellte. Und auch Wolfgangs Eltern hatten einen Fernseher, der sogar benutzt werden durfte! Grund für mich, einige Nachmittage bei meinem Freund zuhause zu verbringen.

Für schwierige Aktionen auf der Straße war Wolfgang weniger zu begeistern, und doch waren wir oft zu dortigen, weniger riskanten Aktionen zusammen, auf die ich gleich noch eingehen werde.

Mit Bernd war ich nicht zu oft zusammen, wir fanden uns immer dann, wenn es um die Notwendigkeit ging, sich mit Problemen oder Gesprächen ‚philosophischer' Art auszutauschen. Dies war oft auf Klassenfahrten der Fall (auf unseren stundenlangen Wanderungen) oder auf unseren täglichen Schulgängen, wobei ich ihn des Öfteren abholte.

Sicher basierte die Freundschaft auch auf unseren unterschiedlichen körperlichen Konstitutionen, denn Bernd war groß und korpulent (fast dick zu nennen), ich dagegen der Jüngste, Kleinste und

Schwächste (zumindest erweckte ich den Eindruck) der Klasse. So war er eine Art Beschützer für mich und ich sein Berater in etlichen komplizierten Lebenslagen, die, so glaube ich, mit seiner Familie zu tun hatten.

Bernd las, wie auch ich, unwahrscheinlich gerne, und hatte ebenso wie ich ein Faible für die damals für Jungen modischen kurzen Lederhosen, gehalten durch Träger (auch aus Leder) mit einem abgebildeten röhrenden Hirsch im Quersteg. Alle Eltern mussten damals das überaus Praktische dieser Hosen erkannt haben, da sie nicht gewaschen werden mussten und mindestens 2 – 3 Jahre Lebensdauer hatten. Für mich war sie insofern praktisch, da ich Dreck- und Fett-Hände in diese Hose einarbeiten konnte und dieser damit einen zusätzlichen Glanz verlieh. Nach spätestens einem halben Jahr konnte man solche Lederhose abends in die Zimmerecke stellen und morgens bequem wieder einsteigen.

Kiezvergnügen

Meine Straßen-Spiele mit Freunden, weiteren Bekannten und sonstigen Nachbarskindern waren natürlich altersbedingt, aber doch kann ich mich an die ersten gemeinsamen Spiel-Aktivitäten in jüngsten Jahren gut erinnern, so an Zählreime im großen Kreis, wie: ‚Eene, meene, Muh, und raus bist du'. Oder natürlich Versteckspiele. Beim ersteren zählte man eben zu seinem Vorteil falsch, beim anderen versteckte man sich nicht, sondern blieb hinter dem Häscher stehen, um bei Ablauf der meist 20-er zu sprechenden Zahlenserie sofort bei ihm in der Nähe anzuschlagen und damit ‚frei' zu sein. All das fand meist auf irgendeinem Hof der benachbarten Wohnhäuser statt.

Bürgersteige wurden mit Kreide in Kästen quadriert, und schon konnte man ‚Himmel und Hölle' hüpfen, doch eher selten, denn eigentlich war dies eine Angelegenheit für die Mädchen, Jungen hüpften nicht (obwohl es Spaß machte!).

Ja, und dann hatte jeder natürlich seine Stoffsäckchen mit Murmeln und Buckern! Schwierig war oft die optimale Gestaltung der Murmelkuhle, auf Sand war das einfach (aber die Murmeln rollten nicht), auf Pflaster kaum möglich (dafür ideal zu Kullern bis zu 10 m Weite!). Irgendwie fand man jedoch immer eine Zwischenlösung und dann ging es zuerst einmal darum, die gegenseitigen Bestände zu sichten und

Tauschquoten festzulegen, so wie ein Bucker für 20 Murmeln, und das war oft schwierig, denn es hing von Größe, Qualität, Farbe, Alter, und nicht zuletzt von der Person ab, der man etwas ‚abluchsen' wollte. Die Spielregeln waren recht einfach, denn es wurden festgelegt: Die Entfernung zum Murmelloch, Anzahl der gesamt einzusetzenden Kugeln. Klar! Und es durfte nicht geschoben, sondern das Kügelchen musste mit dem Zeigefinger mit einem kurzen Stoß in die gewünschte Richtung in Bewegung gesetzt werden! Wer zuerst seine Kugeln im Loch hatte, war Sieger und durfte die Siegprämie von allen zum Einsatz vorgesehenen Murmeln und Buckern einkassieren.

Irgendwie war es dem Golfspiel ähnlich, denn es gab Tage, da ‚lochte' man fast blind auf Anhieb ein und trug den Gewinn schwer beladen nach Hause. An anderen Tagen wäre man besser zum Spielen nicht auf die Straße gegangen, so sehr hatte man versagt. Aber man begann doch immer wieder, denn auf lange Sicht gesehen blieb die Anzahl der Murmeln fast gleich, abgesehen von den Totalverlusten, die im Straßengully oder einer tieferen Schlammpfütze landeten.

Wir Jungen (und meistens spielten wir unter uns) hatten noch ein weiteres, wunderbares Hobby: Das Sammeln von Modell-Autos, besonders der Marken ‚Wiking' und ‚Siku'.

Diese standen allerdings nie lange zuhause fein säuberlich aufgereiht im Regal, denn es wurden Rennen gefahren. Die Rennstrecken waren die breiten Granitbordsteine der Bürgersteige, eine Distanz wurde ausgemacht, Start- und Ziellinie mit Kreide markiert, und dann musste jeder zusehen, seinen Rennwagen durch kräftige Anschübe als Erster ins Ziel zu bekommen. Die Regeln waren hart! Zunächst passierte es des Öfteren, dass der Wagen die Piste verließ, das hieß, entweder abstürzte oder oben im Mosaikpflaster landete. Dann musste man auf den zuvor erreichten Punkt zurück. Oder man wurde durch eine Karambolage in diese Situation gezwungen, allerdings nicht ohne Risiko für den Rempler, dem das gleiche passieren konnte. Dann ging es zurück an den Start. Auch hier wurde manchmal um den Gewinn sämtlicher an einem Rennen teilnehmenden Autos gespielt, aber selten, da die Wagen oft Geschenke der Eltern waren und damit ein Übermaß an Rennwagenschwund erklärt werden musste.

Auch beim dritten Lieblingsspiel ging es um Gewinn und Verlust, nämlich das eigene, hart ersparte Kapital betreffend. Das Spiel hieß ‚Klimpern'. Die einfachste Form war die, dass jeder der Gruppe die gleiche Münze (meist 10 Pfennig) hervorholte, man sich in einem vereinbarten Abstand vor eine Hauswand stellte, und dann versuchte, sein Geldstück mit einem einzigen Wurf so dicht wie möglich in Wandnähe zu befördern. Der Erfolgreiche durfte alles einkassieren. Es war selten ein sehr langes Spiel, da zumindest einem der Beteiligten bald die sowieso spärlichen Mittel ausgingen. Aber reizvoll und spannend war es schon.

Ich besaß etwas Besonderes, vor allem deswegen, weil es die meisten meiner Spielkameraden nicht hatten. Das waren Rollschuhe! Wie ich dazu kam, weiß ich nicht, jedoch müssen meine Eltern diese irgendwann einmal gebraucht erstanden haben. Mit den heute bekannten Rollschuhen hatten sie wenig gemein, nur dass sie auch 4 Räder hatten. Ansonsten wurden sie mit Riemen an die normalen Schuhe geschnallt und fielen daher manchmal mitten im Lauf einfach ab, was mit dem damit verbundenem Sturz eine weitere schmerzliche Erfahrung brachte.

Es gab ca. 1 km entfernt in der Wiclefstraße sogar eine Rollschuhbahn, die ihrem Namen nicht sehr viel Ehre machte. Aber immerhin war es eine kreisrunde Platte aus Beton, der zwar Risse hatte, aber ringsherum durch einen Betonsockel abgegrenzt war, den man gegebenenfalls auch für einen Not-Stopp benutzen konnte. Der Weg zu dieser Bahn war allerdings beschwerlich, da auf den Bürgersteigen Granitplatten, Mosaiksteine und Sandflächen überwunden werden mussten. Ich kann mich auch nicht erinnern, dass ich sehr oft diesem Vergnügen nachgegangen bin, zumal nur ein paar Rollschuhe vorhanden war, und auch meine Schwester regelmäßig (natürlich immer dann, wenn ich fahren wollte) ihren Anspruch anmeldete.

Sonst bummelte ich mit meinen Freunden manchmal mehr oder weniger ziellos durch die umliegenden Straßen, oft die Turmstraße entlang vorbei am chicen Kino ‚Maxim' mit einer imponierenden Außenfassade und innen mit rotgepolsterten Plüschsesseln. Besucht habe ich es wegen der im Vergleich zum Beusselkino gehobenen Preise aber selten.

Den Weg fortsetzend kamen wir dann zum Rathaus, das ein Vergnügen erster Klasse bereithielt: Paternosterfahren! Wer diesen Namen erfunden hat, ergründete ich erst später. Auf jeden Fall war es äußerst spannend, in die nicht stoppenden Holzkabinen zu springen und nach oben zu fahren. Vor dem zum ersten Mal durchgeführten Wendevorgang über dem obersten Stockwerk musste man mit dem Gerücht – und der damit verbundenen Angst – kämpfen, dass die Kabine dort ganz einfach auf den Kopf gestellt wird und man unsanft auf die andere Seite purzelt. Doch der Pater Noster hoch oben hatte ein Einsehen mit uns und schob die Kabine, zwar rattern und quietschend, in den anderen Fahrstuhlschacht und wir konnten äußerst erleichtert unsere Abfahrt beginnen. Von nun an war es ein Vergnügen, Runde um Runde zu drehen, solange, bis uns ein gestrenger Staatsdiener unter Drohungen aus dem Rathaus warf. Bis zum nächsten Mal.

Gleich vor dem Rathaus befand sich die prächtigste Allee Berlins, die ‚Thusnelda-Allee'. Leider endete ein Bummel auf ihr schon nach 80 Metern, denn länger war sie nicht.
Interessanter war da schon gleich hinter dem Rathaus die Arminius-Markthalle, ein roter Backsteinbau aus dem Ende des 19. Jahrhunderts. Der Reiz lag in dem für uns so reichhaltigen, unterschiedlichen und schon für damalige Verhältnisse internationalen Angebot aller nur erdenklichen Lebensmittel.
Es machte ganz einfach Spaß, durch die vielen Gänge zu schlendern, die verschiedenen Gerüche wahrzunehmen und ab und zu auch eine gratis Kostprobe zu ergattern.

War keiner meiner Freunde zu erreichen, so machte ich mich ab und zu auf den Weg zu der Tischlerei, in der mein Vater arbeitete, vorbei an Alt-Moabit, dem großen Bürohaus ADREMA, über die Gotzkowskybrücke, und dann lag der Betrieb auch nicht mehr allzu weit auf der rechten Straßenseite. Meist herrschte dort wegen der kreischenden Maschinen ein Höllenlärm, doch es war für mich höchst interessant, zuzusehen, wie aus Brettern, Hölzern und Platten wunderbare Möbelstücke entstanden, und ich war erstaunt zu sehen, wie viel Mühe und Arbeit in jedem einzelnen Stück steckte.

Der wesentliche Grund meines Besuches war jedoch der Wunsch, die riesengroße Kiste mit Holzabfällen zu durchwühlen, denn was hier als Abfall landete, war für mich Grundlage für meine Bastelarbeiten, da ich wahrscheinlich in kleineren Dimensionen dachte. Auf jeden Fall fanden sich hier ausreichend Sperrholz, Leisten und Holzstücke für meine Laubsägearbeiten, Drachenbauten und später für meine Eisenbahn. Mit dick geschnürten Paketen unter den Armen machte ich mich dann zufrieden auf den Nachhauseweg, schon die ersten Baupläne entwerfend.

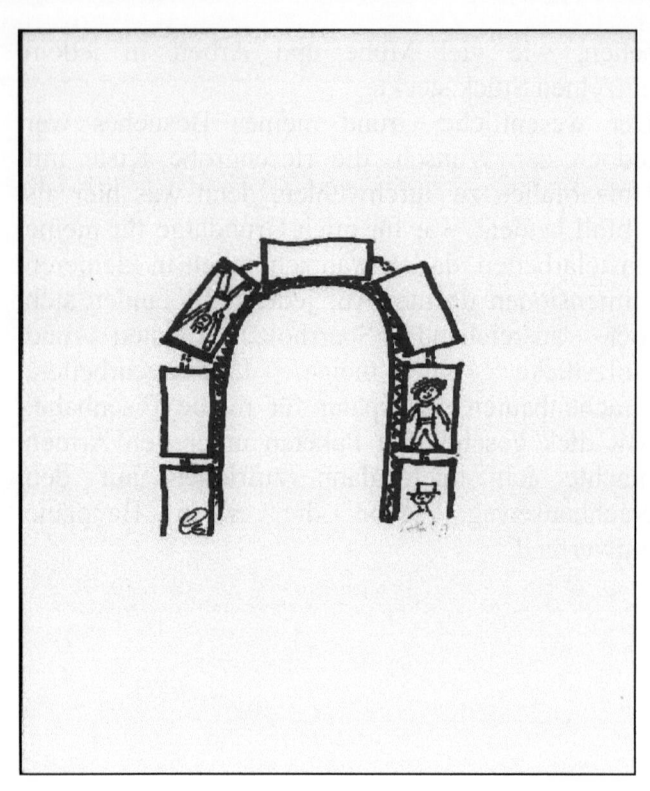

Einholen

Im Leben muss man sich oft selbst wieder einholen, man kann einen anderen Läufer einholen, man kann eine Leine oder ein Boot einholen und man kann - in Moabit einholen! Was sich beim ersten (aber auch beim soundsovielten) Hinhören recht unverständlich darstellt, beschreibt allerdings eine recht profane und alltägliche Tätigkeit, nämlich das Einkaufen. Ob dieses Wort eine Sprachschöpfung meiner Familie, moabitischen oder gar Berliner Ursprungs war, kann ich nicht nachvollziehen, jedoch verstand zumindest ich, was damit gemeint war. Nämlich nicht nur das Einkaufen im Allgemeinen, sondern speziell das Heranschaffen von Lebensmitteln, womit das Wort über die Eselsbrücken ‚herbeiholen' oder ‚an Land ziehen' wieder einen gewissen Sinn bekam.

Einholen machte meiner Mutter Spaß, was sicher nicht zuletzt auf die entbehrungsreichen Kriegs- und Nachkriegsjahre zurückzuführen war, in denen Hunger an der Tagesordnung war und man jeden kleinen Bissen zu schätzen wusste. Spaß machte natürlich auch das Klönen mit den Ladenbesitzern, die dann irgend eines Tages sämtliche Informationen über unsere Familie verinnerlicht hatten. Aber solch eine Austauschbörse hatte natürlich auch ihr Gutes, da man selbst wiederum mit sämtlichen

Informationen aus dem Kiez gefüttert wurde, damit immer auf der Höhe war und mitreden konnte.

Der Einkaufsspaß nahm allerdings periodisch ab, sobald das Ende jeden Monats nahte, da es gleichermaßen parallel auch mit den Geldreserven im Portemonaie zuende ging. Mit dem abfallenden Spaß wurde auch die Einkaufstasche deutlich schmaler. Dafür gab es dann zuhause öfter Quetschkartoffeln mit Soße, und da dies mein Leibgericht war, stimmte ich in das allgemeine Stöhnen äußerst selten ein.

Mein Vater bezeichnete sich selbst sehr frühzeitig als unfähig und nicht kompetent genug für Einhol-Aktionen. Auf jeden Fall sagte er das. Erstaunlicherweise meisterte er jedoch immer das logistische Problem mit der Kartoffel- und Kohleneinfuhr (man beachte: ‚Einfuhr‘!). Und erstaunlicherweise schaffte er es auch immer, seine Zigarillos im Tabakladen zu bekommen.

Von diesen Läden gab es in der Umgebung zwei: Einen gleich rechts neben unserer Haustür, der auch für mich interessant war, weil dort auch Bonbons verkauft wurden. Der zweite befand sich direkt an der Ecke Turm-/Waldenserstraße, ich glaube, er hieß ‚Boenisch‘. Dorthin wurde ich dann oft geschickt, um ihm seine geliebten ‚Willem II‘ zu besorgen. Besonders zum Wochenende war das wichtig, da ein Sonntagnachmittag ohne qualmenden Zigarillo für ihn nicht denkbar war. Meine Mutter hatte es da einfacher, denn der Tabakladen neben unserer Haustür teilte sich seine Fassade mit einem Zigarettenautomaten.

Ab und zu wurden meine Schwester oder ich von unserer Mutter beauftragt, Dinge einzuholen, mit der Begründung, dass diese überraschend fehlten. Vielleicht fehlte auch der erwähnte Spaß bei unserer Mutter. So wurden wir mit etwas Geld und einem Einkaufszettel ins Schlaraffenland geschickt, und wir hatten auch unsere Freude daran, nicht zuletzt dadurch, weil wir in den Geschäften oft Probehäppchen oder auch mal ein ganzes Würstchen zugesteckt bekamen.
Doch ich will nicht nur vom ‚Einholen' berichten, sondern auch von ‚Einkäufen' und den Läden, die mir aus dieser Zeit besonders im Gedächtnis haften geblieben sind.

Von unserer Haustür links Richtung Turmstraße gehend, das Kino passierend, kam man an ein Bekleidungsgeschäft, das immer recht kramig aussah und eher Kleidung für die ‚reifere Frau' im Schaufenster hatte. Ich habe nur in Erinnerung, dass dort ab und zu Hemden für mich gekauft wurden, die immer auf der Haut kratzten. Aber das musste wohl so sein in dieser Zeit.
Danach kam ein Schmuck- und Uhrengeschäft, an dessen Glasscheibe ich mir oft die Nase

plattdrückte und die Uhren anhimmelte (später bekam ich sogar eine von meiner Oma geschenkt).

Sodann folgte unser Friseurladen, an den ich mich äußerst ungern erinnere, denn ich wäre alleine niemals auf die Idee gekommen, dorthin zu gehen. Meine Eltern sahen das anders, und so wurde ich auf einen Drehstuhl platziert, mit geschätzten 50 Umdrehungen einen halben Meter nach oben gespindelt, meine Haare eiskalt gewässert, mit stumpfen Scheren und ziependen Instrumenten bearbeitet und schließlich mit einem Blasebalg noch Puder in meine Augen geblasen. Das Ergebnis: Ich sah aus wie ‚Karl der Kahle', fror im Winter am Kopf und hatte zwei Tage lang kratzende, kurze Haare in meinem Unterhemd. Gezahlt haben meine Eltern dafür auch noch! Verschwendung, denn das Geld hätten sie besser in Eiskugeln für mich anlegen können.
Erst viel später erkannte ich, zusammen mit meiner sich leicht entwickelnden Eitelkeit, dass Haarschnitte auch einen modischen Aspekt beinhalteten, und war zufrieden mit den Auswahlmöglichkeiten zwischen ‚Gerade', ‚Rundschnitt' oder ‚Fasson'.

Und dann der ‚Schlächter'. In anderen Gegenden Deutschlands gibt es Namen wie Metzgerei, Fleischerei, sogar Schlachter. Aber Schlächter? Das roch nach blutrünstigen Menschen, die kaltblütig über ihre Opfer herfielen, sie niedermetzelten und dann blutbesudelt nach irgendwelchen Irrsinnigkeiten von dannen zogen. Unser Schlächter, so fand ich, hatte äußerliche Ähnlichkeiten. Allerdings stand er gleich links neben der Eingangstür des Ladens, vor einem dicken hölzernen Hauklotz, auf dem er, Beile und schwere Messer schwingend, auf allerhand Fleisch einhackte und trotzdem passable Scheibchen produzierte. Sein Anblick war für mich furchteinflößend, denn er war groß, dick, und mit einer Schürze bekleidet, die über und über mit Blut bespritzt war. Dennoch konnte er ein nettes Lächeln aufsetzen und mir – nach Abwischen seiner Hände an einem ebenfalls blutverschmierten Tuch – ein Würstchen anbieten. Mein Appetit verbat alles Übrige.

Ich hasste schon damals langes Anstehen und Warten. Warten muss man immer wegen der Personen, die vor einem warten und dadurch die eigene Wartezeit verlängern. Man hofft dann, dass die Personen vor einem möglichst schnell von ihrem Einkauf erlöst werden wollen. Falsch gedacht, denn immer lief es dann so ab: ‚Bitte 1/8 von der Salami. Ist die auch frisch? Ach nein, bitte lieber 1/16 von diesem Schinken. Nein, nicht diesem. Den da! Oder doch lieber 1/8! Und bitte dünn schneiden. Was haben Sie denn heute im Angebot? Das? Na gut, dann ¼ davon. Wie geht es denn Ihrer Tochter? Hat sie immer noch diese Blasenprobleme? Ja, und dann noch ein halbes

Pfund Durchgedrehtes, wissen Sie, mein Mann mag so gerne Bouletten, aber bitte nur vom Besten!! (Der Schlächter packte zatteriges Fleisch und warf es in eine Fleisch-Zerkleinerung und - Verbesserungsmaschine), und haben Sie auch noch Sülze, aber ich weiß nicht wie viel, und dann noch für unseren Hund ein paar Knochen, die bekomme ich doch sicher so mit, was macht es dann, ach, jetzt habe ich doch nicht soviel mit, nehmen Sie mal das 1/8, oder was war es noch mal, wieder zurück, dann reicht es.' Mir reichte es auch, vor allen Dingen, da noch weitere 5 Damen vor mir standen!

Ja, das war unser Schlächter mit seiner Lieblingskundschaft.

Ein Stückchen weiter befand sich der Fischladen, und auch mit geschlossenen Augen hätte man es wissen müssen, denn es roch nach - Fisch! Das machte mir aber nichts und ich hielt mich gerne in seinem Innern auf, denn dieser Geruch erinnerte an Küste, an Meer, an Fischerboote in kleinen Häfen und an die große, weite Welt überhaupt. Sehnsucht und Abenteuerlust machte sich breit und ich dachte an ‚Petzi', wie er mit seinem Boot ‚Ursula' die Weltmeere befuhr. Den gefliesten Boden des Ladens bedeckte meist eine fischrüchige Lache, gebildet durch das Sickerwasser aus den großen, im ganzen Laden verteilten Holzbottichen. Diese schienen aus uraltem Holz zu sein, hatten eine leicht bauchige

Form und waren rundherum mit ein paar Eisenringen gehalten. Und darin Fisch. Jede Tonne mit einer anderen Sorte: Heringe, Sardinen, Flundern, und noch viele weitere Arten, deren Namen ich nicht kannte. Eines Tages, die Heringstonne inspizierend, lag mitten zwischen den glatten Heringskörpern ein exotisches Etwas, bunt, mit stachliger Rückenflosse, das Maul weit aufgerissen.

Neugierig geworden, fragte ich den Fischhändler und bekam zur Antwort, dass es ein ‚Knurrhahn' sei. Ich schaute ihn verständnislos und misstrauisch an, denn weder sah das Wesen wie ein Hahn aus, noch knurrte es. Aber schließlich war es ja auch schon tot. Nur der Hahn gab mir noch zu denken, aber wer weiß, was noch so alles in den Tiefen der Meere herumflatterte.

Die Häuser an der ganzen Ecke Beussel-/Turm- und Waldstraße waren im Krieg zerbombt worden. Nun befand sich dort nach den Aufräumungsarbeiten eine freie Fläche, auf der des Öfteren im Jahr ein Rummel seine ‚Zelte' aufschlug, und die sonst nur an den Straßenseiten mit kleinen, fast behelfsmäßigen Läden bebaut war. So an der Ecke Turmstraße ein Stoffe-, Woll- und Nähladen, der das Herz aller handarbeitsbesessenen Frauen (und von denen gab es anscheinend unzählige) höher schlagen ließ. Hier konnte man zerrissene Nylonstrümpfe für fünf Pfennig pro Masche wieder sexy machen

lassen oder ganze Strickmaschinen wie ‚Knittax'
erwerben, die dann manch weich bearbeiteter
Ehemann mit Erwartung eines neuen Pullovers
auf dem Weihnachtsgabentisch präsentierte.

Flugstunden

Auf der anderen Seite der Beusselstraße waren auch mehrere Häuser zerbombt, doch dort begann, durch wen auch immer, schnell der Wiederaufbau. Sicher hatte ein eifriger Stadtplaner etwas überaus Großes mit unserer Straße vor, denn die Neubauten wurden von der normalen Straßenflucht ca. fünf Meter zurückversetzt, sicher um einer späteren Autobahn oder einer Beussel-Allee Platz zu machen. Jahrzehnte vergingen jedoch, ohne dass etwas geschah, und der genannte Stadtplaner verstarb wahrscheinlich über seinen nicht genehmigten Entwürfen.

In einem dieser ,zurückgesetzten' Neubauten befand sich, fast an der Huttenstraße, die eine Verlängerung der Turmstraße in westlicher Richtung war, ein Schreibwarenladen. Außer Schreibwaren hielt dieses Geschäft weitere Schätze für mich bereit: Bindfaden, Transparentpapier und Klebstoff. Der Leser ahnt schon, dass es wieder etwas zum Basteln gab:
Gab es. Nämlich Drachen. Ich rede von diesen herrlichen Flugdrachen, die man mit den einsetzenden Herbstwinden versuchte, erst einmal in die Luft, und dann unter Kontrolle zu bekommen. Das Basteln war einfach: Holzleisten aus der Tischlerei, Transparentpapier verklebt (wenn es gab, in knalligen Farben), und Schnur so

trickreich befestigt, dass der Drachen ohne zu torkeln gemütlich am Himmel schweben konnte.

Ich bevorzugte quadratische Modelle, die bald so groß wurden, dass sie meine Körpergröße erreichten, und bei Wind schon den Weg zum Aufsteigeplatz zu einer Herausforderung machten. Und der Drachen sollte hoch steigen! So war der Schreibwarenbesitzer stets aufs äußerste überrascht, wenn ich 1000 Meter Schnur verlangte. Meist musste nachbestellt werden.

Mein Drachen-Startplatz waren auch die Gebauer Wiesen. Es wurde die reinste sportliche Herausforderung, mit Größe des Drachens und der erkämpften Höhe überhaupt noch den mit den restlichen Metern umwickelten Holzstab festzuhalten. Und eines Tages passierte es: Bevor ich dachte, ich würde mit in die Lüfte enthoben, ließ ich meinen Drachen frei und sah ihm nach, wie er fröhlich Runden drehend schließlich im Wasser des Westhafens verschwand.

Das sah ich natürlich nicht mehr, obwohl ich mich auf einen nur Indianern bekannten Hügel positioniert hatte, aber es wurde mir immerhin klar, dass dieser Absturz ein nicht unerhebliches Verkehrs-Chaos auf der oberen Beusselstraße zur Folge hatte, da sich viele Autofahrer durch den durch den die Straße kreuzenden Bindfaden ziemlich gestört fühlten.

Am folgenden Tag jedenfalls begann ich mit dem Bau des nächsten Drachens.

Noch mehr Läden

Etwas abgeschweift von meinem ursprünglichen Thema ‚Einholen', will ich darauf wieder zurückkommen, und noch mal, wie man so sagt, Revue passieren lassen, dass das ‚Draußensein', die damit verbundene Freiheit und Möglichkeit, Hunderte von Dingen zu unternehmen, ja selbst ‚Einholen', mich glücklich machten.

Das Geschäft, das für das Einholen absolut das Wichtigste war, hatte keinen Lebensmittel-bezogenen Namen. Es lag in der Huttenstraße, gleich um die Beusselecke herum, und man sagte: ‚Ich gehe zum Juden'. Das war absolut falsch, denn es waren zwei Juden, die das Geschäft führten. Obwohl Brüder, hätten sie unterschiedlicher nicht sein können: Der eine klein, dick, meist schwitzend, lächelnd und mit freundlichen Augen; der andere hager und groß, mit Hakennase, und immer ziemlich ruhig, wenn nicht apathisch dreinblickend. Sie hatten es geschafft, sich nach dem Krieg eine neue Existenz aufzubauen; jeder mochte sie, denn sie konnten ihren Kunden die Wünsche von den Augen ablesen.

Der Laden war unwahrscheinlich klein (so empfand ich es zumindest), und das lag sicher auch an der Fülle der angebotenen Waren, die sich recht unordentlich in den Regalen stapelten. Es konnte also fast jeder Einkaufswunsch erfüllt werden, aber sicher war dies in den damaligen Zeiten wohl auch noch problemloser. Der Jude war jedoch noch aus einem ganz bestimmten Grund äußerst beliebt: Man konnte ‚Anschreiben' lassen! Sollte nicht genug Bares für die getätigten Einkäufe vorhanden sein (und das natürlich meist zum Monatsende), hörte ich zu oft die flehenden Worte: ‚Könn'se nich zweidreißich anschreiben?', was soviel hieß, dass der zum Einkauf fehlende Betrag erst in irgendeiner Zukunft bezahlt werden sollte.

Natürlich wurde fast immer ‚angeschrieben', und damit wurde der Beusselkiez, zumindest in einem kleinen Bereich, recht orientalisch.

Außer Hunger war der größte Anreiz für den Kauf von Lebensmitteln der gleichzeitige Erwerb von Rabattmarken. Die entsprechend der Höhe der Kaufsumme ausgeteilten kleinen Marken konnte man dann zuhause in das zugehörige Heftchen kleben. Eine schwierige Aufgabe, da die Marken sehr klein, die Felder zum Aufkleben vorgegeben waren, und die Gummierung ekelhaft schmeckte! All' das nahm ich jedoch in Kauf, da der Erlös aus dem schließlich vollgeklebten Heftchen meinem Portemonaie versprochen war, als Belohnung für die von mir absolvierten Einhol-Touren.

Direkt gegenüber, ebenfalls in der Huttenstraße, hatte das ‚Bettengeschäft Hempel' eröffnet. Wir haben dort nie etwas gekauft, da unsere Betten,

Matratzen, Decken und Kopfkissen anscheinend durch schonendes Schlafen Jahrzehnte überstanden, aber ich möchte es dennoch erwähnen, da die Tochter der Eigentümer eine Klassenkameradin war. Zu ihr hatte ich allerdings wenig Kontakt, und das Einzige, was mich doch interessierte, war, wie es bei Hempel's unterm Sofa aussah. Ich weiß es bis heute noch nicht und es wird für mich immer ein Geheimnis bleiben!

Die Huttenstraße zog sich danach ohne weitere für mich interessante Geschäfte hin, wenn es die überhaupt gab. Nur schräg gegenüber vom Juden gab es noch das Obst- und Gemüsegeschäft mit einem freundlichen, dicken Verkäufer, der einen noch dickeren Sohn hatte. Das Einzige, was mir in Erinnerung blieb, war die für mich eigenartige Berichterstattung meiner Mutter (sicher bei einem Klön erhalten), dass dieser Sohn die natürlich zahlreichen Äpfel am liebsten verzehrte, wenn er auf dem Klo saß!

Nun noch einen Sprung die Beusselstraße hinauf, zwischen Kirche und Bahnhof, zum Nachbarhaus meines Freundes Peter. Dort befand sich das interessanteste Geschäft für mich überhaupt, spezialisiert auf Basteln, Spiele und Eisenbahnen. An diesem Ort konnte ich nie vorbei kommen, und auch wenn ich nichts kaufen wollte (oder konnte), blieb ich doch stets lange Zeit vor dem

Schaufenster stehen und sog die ausgestellten Dinge in mich hinein.

Mit dem Besitz meiner ersten elektrischen Eisenbahn (Marke ‚Fleischmann') war ich ab sofort natürlich Dauerkunde und investierte meine Ersparnisse in Gleise, Weichen, Modellhäuser, Landschaften, Autos, Bäume und kleine Modell-Mini-Menschen. Diese Menschen sollten meine Eisenbahnlandschaft mit Leben erfüllen, aber es gab doch wenige, denn ich hatte eigenartigerweise das Problem, das Wort ‚Zivilisten' korrekt auszusprechen, und so gab es fast nur Polizisten, Landwirte, Bauarbeiter und Schaffner auf meiner Eisenbahnplatte.

Die Einkaufs- und Einholgelegenheiten, die weiterhin von mir ausgekostet wurden (oder mussten), waren in der Turmstraße das Schuhgeschäft Salamander. Der Besuch fand ziemlich regelmäßig statt, da spätestens nach einem Jahr wieder neue Schuhe für mich fällig waren. Da weder meine Eltern noch die Schuhverkäufer meinen Angaben über die mir passende Größe glaubten, wurden meine Schuhe mitsamt Füßen darin in einem hölzernen Kasten durchröntgt, und ich bin davon überzeugt, dass die immense Strahlenbelastung Ursache für meine damaligen Plattfüße war! Mit den erleichterten Worten meines Vaters (‚Passt ja!') und den wunderschönen, und besonders preisgünstigen Schuhen verließen wir dann wieder den Laden, jedoch nicht ohne eines der Salamander-Hefte mit den Abenteuern von ‚Lurchi', dem gelb-schwarz gescheckten Salamander mitzunehmen.

Dann gab es noch ‚Boeldicke' an der Ecke Turm-/Gotzkowskystraße, das mir ähnlich unangenehm in Erinnerung ist wie der Bekleidungsladen in der Beusselstraße, denn alles, was dort für mich gekauft wurde, waren kratzende Hemden, kratzende Hosen und kratzende Pullover. Viel zu spät, und ich nehme an, dies aus Kratz-Gründen, gab es dieses Geschäft dann auch bald nicht mehr.

Doch nun zu dem Einhol-Zentrum, das wohl das Wichtigste für uns war: Der Kuhstall! Ja, richtig gelesen. In der Waldstraße, in Nähe der Schule, gab es einen Milchladen, und in den hinteren Räumen (oder Ställen?) wurden Kühe gehalten, die wir eines Tages auch mal besichtigen durften. Irgendwie kam die von ihnen produzierte Milch vorne im Verkaufsladen an, lief dort, warum auch immer, noch einmal über silberfarbene, metallische, im Detail gerundete, senkrechte Blechkonstruktionen und wurde dann verkauft. Meist noch warm!
Meine Schwester und ich liebten Milch: Kalt, warm (aber ohne Haut), als Milchreis, als Kliebensuppe und als Pudding verarbeitet. So machten wir uns auch fast täglich auf den Weg zum ‚Kuhstall', um den täglichen Bedarf zu decken. Waren es zunächst 1 ½ und 2-Liter

Blechkannen für den Transport, wurde aufgrund unseres wachsenden Bedarfes eine 3-Liter-Kanne aus Plastik angeschafft, knallig rot und mit weißem Deckel. Der Milchverkäufer war höchst erfreut, nicht wegen der roten Farbe, sondern wegen des gesteigerten Kanneninhalts. Um den ungefähr 500 Meter langen Fußweg interessant zu gestalten, versuchten wir uns in gewagten Experimenten.

Hier eine notwendige kurze Abschweifung: Der Mensch an sich ist wild auf Experimente und sammeln von Erfahrungen, natürlich besonders in der Kindheit. So ist es besonders schön und lehrreich, das Phänomen ,Kraft' zu studieren. Es beginnt als Kleinkind mit der täglichen Konfrontation mit der Schwerkraft, da man sich alle Nase lang auf dieselbe legt und sich wundert, warum das geschieht. Die Anziehungskraft ist auch stets da, oft personenbezogen. Ich nenne in einem Atemzug: Die Willenskraft, die Mannes-, die Fliehkraft und die Corioliskraft, wobei das Verständnis der Corioliskraft erst einem fortgeschrittenem Alter vorbehalten bleibt, etwa gleichzeitig mit der Manneskraft.

Zurück zu unserer Milchkanne: Wir experimentierten mit der Fliehkraft, das hieß, dass wir die Kanne mit schnellen Armbewegungen in eine Kreisbahn zwangen, die auch der Milch keine Chance ließ, auch nur tröpfchenweise zu entrinnen. Die physikalischen Gesetze voll im

Griff, hatten wir jedoch nicht eine weitere Gesetzmäßigkeit ins Kalkül gezogen, nämlich die unzureichende Fertigung unserer wunderbaren (wahrscheinlich schon damals chinesischen) Milchkanne!

Eines Tages jedenfalls, gerade auf der vielleicht dreißigsten Umrundung, passierte es: Der Tragehenkel gab seinen Geist auf, das heißt, er riss einfach aus seiner Verankerung. Das nun folgende Desaster kann sich sicher jeder vorstellen, und das Einzige, was wir jetzt noch zu tun hatten, war, zu Hause eine plausible Ausrede zu präsentieren.

Ich kann verraten: Es gelang vorzüglich.

Zum Abschluss komme ich wieder zu Handwerkern zurück, denn in der südlich verlängerten Beusselstraße befand sich der Farbenladen ‚Jahnke'. Ich glaube, mein Vater war sein Hauptkunde, denn hier wurde alles von Tapeten, Farbe und Leim für den Haushalt beschafft, und wer die heimwerkerischen Qualitäten meines Vaters kannte, kann das verstehen. Ich war immer wieder erstaunt, dass eine gewünschte Farbe nicht einfach aus der Dose kam, sondern aus Firnis, Farbstoff und sonstigen Zutaten in einer Art Hausmixer zusammengerührt, und dann in das meist mitgebrachte Einweckglas abgefüllt wurde.

Irgendwann verstarb Herr Jahnke, das Geschäft wurde dann von seinem Sohn weitergeführt, und mein Vater ging dort ab sofort seltener einkaufen, sicher weil Jahnke sen. bedeutend besser die Farben rühren konnte. Oder?

Soziales, Theologie und Bildung

Was sich im Titel wie die Bezeichnung eines neuen Super-Ministeriums anhört, darf auf meine damalige Kindheit bezogen dahingehend interpretiert werden, dass in dieser zeitlichen Reihenfolge Kindergarten, Kirche und Schule in meine Entwicklung eingriffen und jede dieser Institutionen mich mit einem neuen Umfeld konfrontierte, in das ich erst einmal, und manchmal mit Mühe, hineinwachsen musste.

Da meine Mutter, nachdem meine Schwester nicht mehr ganz so wankend auf ihren Füßen stand, wieder im kaufmännischen Bereich an ihren erlernten Beruf anknüpfte, wurde für diese Stunden am Tag eine sichere Bleibe für uns gesucht. Die Suche war nicht schwierig, und so wurden wir an fünf Tagen in der Woche morgens im Kindergarten, der sich schon an der nächsten Straßenecke befand, abgegeben, dort nach bestem Wissen und Gewissen versorgt, und am frühen Nachmittag wieder von meiner Mutter abgeholt.

Vom Sozialverhalten her war das natürlich prächtig, da wir mit ungefähr 30 weiteren Kindern in unserem Alter auskommen sollten und so lernten, dass man nicht einfach das Wurstbrot vom Nachbarteller klaut, andere Kinder nicht schubst, geschweige denn schlägt, aus dem Bauklötzer-Turm des Bauherrn gegenüber nicht den untersten Stein herauszieht, weil man diesen selbst braucht, und auch nicht den Stuhl wegzieht, wenn jemand sich gerade setzen wollte. Aber das alles wussten meine Schwester und ich natürlich schon und so blieb den Kindergärtnerinnen mehr Zeit, sich um all die anderen Rüpel zu kümmern.

Mit anderen Worten: Wir benahmen uns angepasst und unauffällig, machten brav unseren Mittagsschlaf, der mir wegen des Stockwerkbettes und der Absturzgefahr stets den Schlaf raubte, nahmen an allen Spielen auf dem kleinen Hof zur Straße teil, und moserten nicht beim Mittagessen. Und doch waren wir immer wieder froh, wenn Mama erschien.

Höhepunkt jedes Halbjahres war die Aufführung eines Bühnenstückes, für das nicht nur viel geprobt, sondern bei der Premiere zum großen Entsetzen auch die Eltern eingeladen wurden (na klar, denn wer würde sich so ein kulturell äußerst bedeutsames Schauspiel sonst noch anschauen!). Nur an eine meiner zahlreichen Rollen kann ich mich noch erinnern: Ich trat zusammen mit meiner Schwester als Marienkäfer-Ehepaar auf, mit gepunkteten Flügeln, Kappe und Fühlern am Kopf. Meine Schwester ein Blumensträußchen in der Hand, ich eine Tonpfeife (wie es einem echten Mann steht oder auch zusteht). Mit Einsetzen des Beifalls aus dem Publikum fiel mir sofort die Pfeife aus der Hand. Leider war sie aus Ton, zerbrach in 1000 Stücke und verursachte bei mir augenblicklich 1000 Tränen, mit der Folge, dass ich, da indisponiert, meinen Gala-Auftritt abbrechen musste.

Erst 15 Jahre später wagte ich mich wieder auf die Bretter, die die Welt bedeuten, und wer weiß, was für ein begnadeter Schauspieler ohne dieses Missgeschick aus mir geworden wäre.

Unser Kindergarten war kirchlich und unterstand der ‚Reformations-Gemeinde'. Die dazugehörige ‚Reformations-Kirche' stand gleich daneben, und war ein schöner Backsteinbau. Leider wurde ihr im Krieg die Spitze abgeschossen (das nehme ich an), die aber nie wieder voll ersetzt wurde, und so erhielt sie, sicher aus Kostengründen, nur eine Halb- oder rudimentäre Spitze, die architektonisch schwer zu beschreiben ist.

Wegen des Kindergartens, aber vor allen Dingen wegen der Zuwendung unseres Vaters zur Kirche, war schon von frühem Alter an Eines aus unserer Kindheit nicht wegzudenken:
Der sonntägliche Kindergottesdienst.
Ich versuchte, ihn durch vorgeschobenen Schlafbedarf, Schwächeln und sonstige Ausreden zu umgehen. Das klappte manchmal, aber meist wurde ich doch zum Herrn geschickt, um seine Worte zu vernehmen. Zum Glück wurde auch gesungen, und das machte mir Spaß, denn ich konnte laut singen, und das schallte so schön von den Kirchenmauern zurück. Auch saßen neben

einem öfters auch Spielkameraden, die man vielleicht tagelang nicht gesehen hatte, und man konnte neue Verabredungen knüpfen (zwischen dem Singen, versteht sich).

Als wir genug über unsere Sünden, unsere Zukunft in der Hölle oder im Himmel erfahren hatten, fühlte ich auch sofort die Buße, die mir auferlegt wurde, denn nach spätestens einer halben Stunde fing ich an, auf der harten Holzbank hin- und her zu rutschen, sicher, weil ich noch nicht genug Sitzfleisch angesammelt hatte. Ohne Sünden und geläutert ging ich dann nach Hause, in Vorfreude auf das sicher herrliche Mittagessen und die sonntäglichen Radio-Programme.

Ja, und dann begann der ‚Ernst des Lebens', der mir oft genug, und schon lange vorher, von meinem Vater angekündigt worden war, nämlich die Schulzeit. Ich konnte seine Worte nicht so recht verstehen, denn ich empfand mein Leben in vielen Bereichen auch schon vorher als ernst, denn es gab Verletzungen, Geldnöte, Streitigkeiten und Krankheiten. Was in aller Welt sollte noch ernster werden? Ich war ziemlich verunsichert, doch ich hatte es geahnt: Der ‚Ernst des Lebens' begann mit einem wunderschönen Tag, nämlich der Einschulung.

‚Einschulung' bedeutete, dass man sich in das zweite Zuhause der kommenden sechs Jahre begab, Bekanntschaft mit seinem Klassenlehrer und den Klassenkameraden machte (noch sehr verhalten), und ständig eine riesengroße Schultüte herumtrug, die alles beinhaltete, was ein zukünftiger Bauingenieur nötig hatte: Süßigkeiten, Bleistifte und Lineale.

Ich war an diesem Tag prächtig ausstaffiert, mit einem beige-melierten Anzug (jedoch kurze Hose) und neuen Schuhen und Socken. Leider war vorher auch der bereits erwähnte Friseur zugange. Doch trotz aller kratzigen Kleidung war ich gut drauf, vor allen Dingen, als auch noch ein Erinnerungsfoto gemacht wurde. Hierzu wurde die Straße vor der Johannis-Kirche ausgewählt. Dort hatte sich ein Fotograf etabliert, der aus jeder tristen Umgebung eine herrliche Gartenlandschaft zauberte. Dies mit einer wunderhübsch bemalten Leinwand, mit Sancoussi-Motiven bemalt, die den Hintergrund für mich samt Schultüte abgab. Das Foto wurde atemberaubend, nur das an die Blumenrabatten im unteren Teil des Bildes anschließende typische Mosaikpflaster der Berliner Straßen wirkte ein bisschen störend. Ich war trotzdem zufrieden und harrte der Dinge, die in den nächsten Tagen auf mich zukommen sollten.

Unser Klassenlehrer hieß Herr Kelm. Herr Kelm war eigentlich gar kein Lehrer, sondern Handwerker, doch er hatte sich nach Kriegsende entschlossen, dem dringenden Ruf der Berliner

Behörden zu folgen, und sich zum Lehrer umschulen zu lassen, da es an diesen mangelte. Etwas Besseres konnte uns nicht geschehen, denn damit hatten wir einen Pädagogen, der selbstbewusst, engagiert, verständnisvoll, einfühlend, und selbst wissbegierig unsere Klasse leitete.

Als er schließlich nach vier Jahren eine andere Klasse übernehmen sollte, schickten wir einen Petitionsbrief (der damals natürlich anders betitelt war) an den Direktor, um Herrn Kelm behalten zu können. Doch es nutzte nichts, und so bekamen wir einen neuen Lehrer, an den ich mich jedoch nicht mehr erinnern kann, und das sagt viel über seinen Gesamteindruck aus, den er anscheinend auf mich machte.

Mein Schulweg führte über die Beussel-, Turm-, Waldstraße in die Waldenserstraße, wo sich mein ‚Ernstes-Leben-Gebäude', nämlich die 8. Grundschule befand. War morgens die Zeit knapp, und das geschah oft, da ich ungern aus meinem warmen Bett in die meiste kalte Wohnung katapultiert werden wollte, so gab es immerhin eine Möglichkeit, die Wegezeit zu verkürzen, aber zur Erklärung ist erst eine kleine Rückblende notwendig.

Ich hatte berichtet, dass unser Hinterhof eine weite Aussicht zuließ, da das gegenüberliegende Gebäude zerbombt war. Stundenlang saß ich mit

dem Beginn der einsetzenden Aufräumungsarbeiten an unserem Küchenfenster und
beobachtete, wie in wochenlanger Arbeit die
Trümmer entfernt wurden. Es war zunächst
äußerst harte Arbeit, denn die Mauerwerksreste
wurden per Hand auf ein Fließband gelegt und mit
diesem in einen Lastwagen befördert. Mein
Interesse am Bauwesen wuchs weiter!
Eines Tages blieb dann eine sauber abgeräumte
Fläche übrig, und: Der direkte Weg zur Schule
war frei, denn ich musste nur die ca. 1,50 Meter
hohe Mauer vom Hof zu eben dieser Fläche
erklimmen, und mein zweites Heim lag schon fast
vor mir! Es wurde nach und nach mein ‚normaler'
Schulweg.

Das Schulgebäude mit seinen hohen Stockwerken,
langen Treppen, kalten Mauern und langen Wegen
empfand ich als trist und nicht die notwendige
Atmosphäre gebend, die man sich eben wünscht.
Es gab hinter dem Gebäude einen Schulhof, sogar
mit einigen Bäumen bewachsen, Kiesboden, und
relativ sonnig, weil das Nachbargebäude auch in
Trümmern lag.
Meine Schulzeit in der 8. Grundschule verlief
ohne besondere Vorkommnisse: Ich war fleißig,
passte mich an, war ziemlich oft krank (und wurde
deswegen dreimal ‚verschickt'), lernte
anscheinend recht gut und träumte ansonsten vor
mich hin: Von Petzi's Reisen, Winnetou und Old
Shatterhand, und von allen zukünftigen

Abenteuern, die ich mir schon bis ins kleinste Detail ausmalen konnte.

Die Realität des Lebensernstes holte mich erst dann wieder ein, wenn es an die Hausaufgaben ging. Und hier waren es nicht die eigentlich locker zu meisternden Aufgaben des Lehrers, die es zu erfüllen galt, nein, es waren die für mich neuen Ambitionen meiner Mutter, aus mir eine Koryphäe in Schönschrift machen zu wollen. Jedes in mein Heft dahingeschmierte oder durchgestrichene Wort fand vor ihren Augen keine Gnade und in damaliger Ermangelung von ‚Tintenkillern' wurde die geächtete Seite ganz einfach aus dem Heft gerissen, um mit dem Text ein weiteres Mal beginnen zu können. Mit jedem herausgerissenen Blatt ging natürlich auch ein zweites verloren, und so wurde mein einst pralles Heft zunehmend dünner und wies im schlimmsten Fall nur noch vier Seiten auf. Aber schön sah es aus!

Unser Klassenzimmer war genauso alt und trist wie das Schulgebäude und bedurfte dringend einer Renovierung. Die ersten zwei Jahre drückten wir uns sogar noch in Bänke, die aus dem vergangenen Jahrhundert stammen mussten, denn es war noch der mit der harten Sitzbank verbundene Tisch, dieser mit einer kleinen Öffnung für das Tintenfass in der Mitte, links und rechts gesäumt von flachen Vertiefungen für

Federhalter und Bleistifte. Und dieses Tintenfass wurde benutzt! Mit Tinte, Feder und Federhalter kämpfend, verteilten sich die Tintenkleckse von ganz allein über Hefte und Schulbank, ganz abgesehen von meinen tintenbeschmierten Fingern und Kleidungsstücken. Wie viel besser war doch das Schreiben, Zeichnen und Malen mit Blei- und Buntstiften! Auch dadurch, dass ich besonders schöne und auffällige Stifte besaß. Die Ursache waren Geschwister meiner Großmutter in den USA, die uns in der Nachkriegszeit ab und zu mit Päckchen - Care-Pakete genannt - bedachten, mit Kinderkleidung, Lebensmitteln und eben auch Schulmaterial. Was war ich stolz auf diese Sachen!

Der Unterricht lief, wie damals eben üblich, recht streng ab. Auf jeden Fall saßen wir mucksmäuschenstill eingeklemmt in unseren Bänken, die Hände auf dem Tisch liegend, damit der Lehrer auch sehen konnte, ob wir mit geschnittenen und sauberen Fingernägeln in die Schule kamen. Die Unterrichtsstunden vergingen für mich jedoch wie im Fluge, da ich bis auf wenige Fächer den Stoff in mich aufsog. Die kleinen und großen Pausen zwischen den Unterrichtsstunden wurden auf dem Schulhof verbracht und die Stullen ausgepackt, die in einer schicken Aluminiumdose mit Stullenform-Design verstaut waren.

So verging ein Halbjahr nach dem anderen, stets mit dem großen Moment der Zeugnis-Verteilung den Abschluss findend. Das Problem waren dann nicht die Noten, mit denen sogar meine Mutter zufrieden war, sondern das anschließende Einkleben der Zeugnisse in eine speziell dafür gefertigte Mappe, denn es gelang mir immer wieder aufs Neue, meine Zeugnisse dort derart schief und verkrumpelt einzukleben, dass ich dadurch anschließend nur selten wagte, meine Noten Freunden und Verwandten zu präsentieren.

An die im Stundenplan enthaltenen sportlichen Aktivitäten kann ich mich nur insoweit erinnern, dass unsere ‚Leibesübungen' meist auf dem Schulhof stattfanden (sicher in Ermangelung eines in der Nähe liegenden geeigneten Sportplatzes) und ich an diesen Tagen zusätzlich mit einem schwarzem Stoff-Turnbeutel ausstaffiert war, der meine Turnschuhe enthielt.
Auch Schwimmen stand auf dem Programm. Dazu mussten wir allerdings in die ca. 1 km entfernte Badeanstalt in der Turmstraße, ein alter, fast barocker Bau mit einer ähnlichen Innenausstattung. Ich mochte diese Stunden nicht, denn in der Halle war es heiß und den Chlorgeruch konnte ich erst recht nicht ausstehen. Na ja, Schwimmen habe ich dort jedenfalls gelernt.

Bade-, Spiel- und Wanderjahre

Um bei Schwimm- und Badefreuen zu bleiben: Wie viel schöner war natürlich, sofern das Wetter mitspielte, ein Nachmittag im ‚Poststadion'. Vorbei am Kriminalgericht am Ende der Turmstraße erstreckte sich an ihrem östlichen Ende eine große Grünanlage, die dem dortigen Poststadion ihren Namen verdankte. Es gab dort jedoch mehrere Möglichkeiten, seine Freizeit auf sportliche Weise zu verbringen. Die mit weitem Abstand größte Attraktion, jedenfalls für mich, meine Freunde und Klassenkameraden, war das große Schwimmbad, mit Nichtschwimmer- und Schwimmerbecken, Sprungtürmen und rundherum einer riesigen Rasenfläche, auf der man auch bei schönstem Wetter immer einen Platz fand, um seine Decke oder - nicht ganz so komfortabel - sein Handtuch auszubreiten.

Und dann verpulverten wir unsere schier unendlichen Energien mit Wettschwimmen, Tieftauch-Wettbewerben, Einkriegezeck und Fußballspielen (sehr zum Leidwesen der weniger aktiven Herumliegenden). Der Energiepegel wurde immerhin zwischendurch vor totalem Nullstand bewahrt, indem das nach dem Eintritt verbliebene Taschengeld in Limonaden und saure Gurken angelegt wurde! Aufpassen musste man jedoch auf die zahlreichen Wespen, die auch gerne Limo tranken.

Eine Riesenherausforderung stand bei jedem Besuch an: Die Sprungbretter! Als jüngerer Schwimmanfänger noch mit Hopsern vom Beckenrand zufrieden, dann ‚Arschbomben' vom Seitenrand (!Verboten!). Aber überallhin konnte der Bademeister, der thronend mit Flüstertüte auf seinem Hochstuhl saß, auch nicht schauen, und schließlich der erste Sprung vom 1m-Brett. Vom Auge, mit dem ich noch blinzelte (das andere hatte ich vor Angst sowieso schon geschlossen!) bis zur Wasseroberfläche waren es immerhin zwei Meter fünfzig, eine gewaltige Höhe, aus der man sich fallen lassen musste. Ich überlebte! Und nicht nur das eine Mal, sondern wie ein Wunder unzählige Male, und später sogar die Sprünge vom 3m- und 5m-Brett, und noch viel später sogar Kopfsprünge aus diesen utopischen Höhen. Auch manche Rückschläge durch schmerzhafte Bauchlandungen wurden dabei in Kauf genommen, denn Schwäche durfte vor Hunderten sensationslüsterner und schadenfroher Beobachter nicht gezeigt werden.

Erst als die Sonne langsam verschwand, es kühler wurde, Handtücher und Decken nur noch vereinzelt zu sehen waren und wir schließlich vor Müdigkeit und Kälte schlotterten, machten wir uns auf den Heimweg, der immerhin noch die ganze lange Turmstraße entlang führte.
Einschlafschwierigkeiten hatte ich an solchen Abenden nie.

Wie viel geruhsamer waren dagegen die Wochenendausflüge mit Schwester und Eltern.

Wenn es nicht Spaziergänge zum Neuen See mit Siegessäule und Hansaviertel waren, oder es zum Strandbad Plötzensee ging (von dem mir eigentlich nur mein Erfolgserlebnis in Erinnerung ist, zum ersten Mal alleine den See durchschwommen zu haben. Allerdings in Querrichtung!), dann waren es Fahrten zum Grunewald und seinem gleichnamigen See.

Die Fahrt dorthin war allein schon den Ausflug wert, denn wir fuhren mit dem Bus, den gelben Doppeldeckerkarossen der BVG mit der typischen Schnauze, die den Motor beherbergte. Fünf Minuten von unserem Zuhause entfernt, an der Ecke Wald- und Turmstraße, befand sich die Endhaltestelle der Linie 1. Aufgrund der ‚1' war ich der Überzeugung, dass dies wohl die wichtigste Buslinie in Berlin sein musste. Für mich war sie es jedenfalls! Irgendwann im Laufe der Jahre wurde die Linie in A1 umbenannt, wobei das A für ‚Anhalter' stand, was bedeutete, dass der Bus an den Haltestellen hielt. Ich fand dies sehr verwunderlich, da ich der Meinung war, dass ein Bus auf jeden Fall an Haltestellen zu stoppen hatte. Schließlich hatte er das auch früher ohne ‚A' getan.

Die Endhaltestelle war ein interessanter Ort, denn hier stand oft eine lange Reihe von Bussen (später auch ohne Schnauze), Busfahrer und Schaffner machten auf den Bänken des Mittelstreifens ihre Pause, und man konnte sie nach Restblöcken von den abgerissenen Fahrscheinen fragen, die man noch gut als Minifahrscheine für Spielzeugbusfahrten zuhause benutzen konnte. An heißen Sommertagen, an denen die Busfahrer fertig und durchgeschwitzt ihrer Fahrerkabine entstiegen waren, hatte BVG-Personal für sie riesige Kübel mit Erfrischungsgetränken aufgebaut, und meist bekam ich auch einen Becher voll mit ausgeschenkt.

Diese Buslinie verband also die beiden für mich wichtigsten Bezirke Berlins, Moabit und Grunewald. Wichtig war auch für meine Schwester und mich, im Oberdeck des Busses die erste Reihe zu belegen, die nämlich den absoluten Panoramablick gewährte und einem das Gefühl gab, den Bus selbst durch die Stadt zu lenken. Die Fahrt schien kein Ende zu nehmen, aber das machte uns überhaupt nichts aus, da von dieser Höhe gesehen alles interessant war. Zwischendurch kam der Schaffner in gebückter Haltung (da das Oberdeck nur etwa 1,50 Meter Höhe maß) und beeindruckte mit seinem umgehängten ‚Geld-Speicher-und-Herausgabe-Automaten'.

Wenn ich später gebückte, alte Männer sah, war ich mir sicher, dass sie wohl früher als Schaffner gearbeitet haben müssen.

Schließlich war der Grunewald in Sicht. Menschentrauben quollen aus dem Bus und machten sich mit uns auf den Weg Richtung Grunewaldsee, der in ungefähr 30 Minuten erreicht war. Ein bisschen wurde noch am Ufer entlanggewandert, Schwäne und Enten mit altem Brot gefüttert und dann auf halber Strecke zurück ein Platz zum ‚Picknicken' gesucht.

Zunächst führte unser Weg jedoch noch am Jagdschloss Grunewald vorbei, sehr zum Leidwesen meines Vaters, denn dem Schloss war ein Restaurant angegliedert, das bei mir stets ein unwiderstehliches Verlangen nach Limonade hervorrief, das jedoch selten gestillt, sondern mit Hinweis auf die mitgenommenen Getränke im Keim erstickt wurde. Als dann nach übereinstimmender Meinung der optimale Picknick-Platz erspäht war, wurde die riesige, bis dahin mitgeschleppte Tasche ausgepackt und förderte die üblichen Ausflugs-Utensilien zu Tage: Liegedecke, Getränke, Stullen, Kartoffelsalat, Zeitung, Federballschläger, Fußball. Mein Vater las Zeitung, ich spielte Federball mit meiner Schwester und meine Mutter tat nichts, bis auf ab und zu Essen zu verteilen.

Als sich schließlich durch die Federballschläger die ersten Blasen an den Händen zeigten, die Zeitung ausgelesen und die Verpflegung restlos an den Mann gebracht worden war, wurde wieder gepackt und die Rückreise mit zwei recht müden Kindern angetreten. Wir Großstadtmenschen hatten wieder genug Sauerstoff für die kommende Woche getankt.

Sehr selten, wahrscheinlich wegen der weiten Anreise, beehrten wir das Strandbad Wannsee mit unserem Besuch. Dann packte ich die Badehose ein, nahm mein kleines Schwesterlein und meine Eltern mit. Meine Hauptaktivität begann nicht etwa mit dem Baden, sondern mit dem Umgraben des ca. 10.000 m2 großen Sandstrandes, denn bei Saisonbeginn waren hier vom Strandbad-Chef etliche Seepferdchen (aufgrund einer Nachfrage meinerseits: keine Echten!) eingebuddelt worden, und den Finder erwarteten außergewöhnliche Geschenke, so zum Beispiel eine Eintritts-Freikarte für das ganze Jahr. Irgendwann kam mir der Gedanke, dass ich lieber doch nicht jeden Tag nach Wannsee fahren wollte, ich stellte das Buddeln ein und begab mich auf die große Rutsche im Wasser.

Ein weiterer Höhepunkt im Jahr, den wir selten ausließen, war das Polizeisportfest im Olympiastadion. Ein Nervenkitzel war stets die ‚Pyramide': Ungefähr 10 Motorräder, die langsam das Stadionoval umrundeten, und auf ihnen eine 8-etagige Pyramide von Polizisten, die aufeinander standen, und das auch noch freihändig! Ich konnte kaum hinschauen und war froh, als schließlich doch alle ohne Massensturz wieder auf dem Boden des Polizeialltags angekommen waren!

Doch natürlich gab es auch kühle, trübe, Regen- und Faulenzertage, die wir ohne zusätzliche Sauerstoffdusche zuhause verbrachten. Durch die Tischlerfähigkeiten meines Vaters schätzten wir uns glücklich, schon früh ein Puppenhaus und einen Kaufmannsladen zu besitzen. Während die Puppenstube bis auf Ausnahmen (nämlich dann, wenn auf einem Miniherd echte Eierkuchen gebacken wurden!) Mädchenangelegenheit war, konnten wir uns mit dem Kaufmannsladen stundenlang beschäftigen und verkauften zu Wucherpreisen Puffreis, Liebesperlen und Schokostreusel, aber auch alles, was in Mutters Vorratsschrank zu finden war, solange es in die kleinen Schubläden unseres Ladens passte. Erst als alles verkauft und zum großen Teil auch verspeist war, wurde der Laden geschlossen.

Neben den schon eingangs erwähnten Bauklötzern, denen ich jahrelang treu blieb, trat eines Tages mit einem großen Paket anlässlich meines Geburtstages neben dem Holzbau eine zweite Fachrichtung in mein Bauleben, nämlich der Stahlbau! Dies in Form eines Stabilbaukastens. Auch hier waren meiner Konstruktionsfreude keine Grenzen gesetzt: Es entstanden Häuser, Türme, Kräne, Lokomotiven, Riesenräder und Autos. Schon bald hatte ich nebenberuflich einen Fuhrbetrieb am Laufen, der jedoch keine nennenswerten Gewinne einbrachte, da ich mit kostenfreien Sonderfahrten die Puppen meiner Schwester für Ausflüge und Einkäufe durch die Wohnung kutschieren musste.

Unsere Phantasie war grenzenlos, und so entstanden auf dem Wohnzimmerteppich ganze Landschaften aus Stahlbauten, Bauernhöfen, Straßen und Eisenbahnlinien, viel zu schade, um abends wieder abzubauen. So feilschten wir vor dem Zubettgehen darum, wie lange unser kleines Reich stehen bleiben durfte, und erreichten einmal sage und schreibe volle 5 Tage!

Diese Zeit verlangte besonders unseren Eltern höchste artistische Einlagen ab, um ohne große Bau- und Flurschäden das Wohnzimmer durchqueren zu können. Meist blieben auch nur ein paar umgefallene Kühe und Schafe auf der Strecke.

Apropos Strecke und Eisenbahnen. Eisenbahnen, so glaube ich, begeistern fast jeden Jungen (Männer sowieso!), und so war auch ich frühzeitig mit roter Mütze, Trillerpfeife, rot-grüner Kelle und Fahrscheintasche ausgestattet (am heutigen Erscheinungsbild des DB-Personals hat sich, bis auf die Fahrscheintasche, die durch ein Fahrscheinproduziergerät ersetzt wurde, auch nicht das Geringste geändert), und ich fand, dass es mir äußerst gut stand, inmitten der aufgebauten Landschaft meine Holzzüge zu dirigieren.

Doch eines Tages ging ein langersehnter Traum in Erfüllung: Ich bekam von meiner Oma die erste Lok und ein paar Schienen für eine elektrische Eisenbahn geschenkt. Dies war der Anfang einer Zeit, in der ich Stammkunde im Bastel- und Modellbauladen oben in der Beusselstraße wurde, noch mehr Holz aus der Tischlerei brauchte, und noch mehr Geld zusammensparte, um das Streckennetz meiner Bahn-AG auszubauen. Bald war die erste Platte zusammengezimmert, es entstanden Dörfer, Berge, Brücken, Tunnels und Bahnhöfe, und in Spitzenzeiten des Nah-, Fern- und Güterverkehrs rasten bis zu 5 Züge über die Platte.

Die Problem-Landschaft war stets der Berg, in den die Züge zwar hineinrasten, jedoch nicht wieder herauskamen, was auf einen fatalen Unfall in unerreichbaren Streckenabschnitten schließen ließ. Aber auch diese Probleme ließen sich meistern, und von Jahr zu Jahr wurden Landschaft und Streckennetz erweitert. Damit natürlich auch die Eisenbahnplatte. Dies hatte zur Folge, dass die anfänglich im schmalen Flur untergebrachte Platte eines Tages im Schlafzimmer ihren Platz fand und letztendlich solche Ausmaße annahm, dass sie über das Fußende hinweg in das Ehebett meiner Eltern reichte!

Ich habe allerdings erst heute eine leichte Vorstellung davon, was ich ihnen damit eventuell angetan haben könnte.

Doch neben der Eisenbahn, an die ich wegen der permanenten Unfallgefahr selten eine andere Person heranließ, und neben den Puppen-Ausflügen, die mit meiner Schwester zusammen organisiert wurden, fand sich abends oft auch noch Zeit, mit unserer ganzen Familie zusammenzusitzen und zu spielen. Die Auswahl war recht groß, und ich zähle mal auf, welche Möglichkeiten unsere Spielabteilung hergab: Angefangen über anspruchsvolle Zeit-beschäftigung wie Schach, Skat und Halma, ging es dann weiter über Rommé, Canasta, Poch, Mensch-Ärgere-Dich-Nicht und dem ‚Magischen Roboter' zu Schummellieschen und ‚Stadt-Land-Fluß'-Fragen.

Ja, und bei den Kartenspielen ging es sogar um Geld! Das kam in eine Spielkasse, die dann wieder meiner Schwester und mir vor Weihnachten zur Verfügung stand, sicherlich für die Finanzierung der Geschenke an unsere Verwandten.

Es waren immer schöne Abende, bis auf jene, an denen ich laufend verlor. Aber das passierte wegen der Nachsichtigkeit meiner Eltern äußerst selten.

Schlechtes Wetter an Wochenenden wurde, zumindest bei mir, außer den Bau- und Eisen-bahnaktivitäten meist mit Lesen verbracht. Ja, der Anteil meiner Bücher überstieg sogar den der

110

übrigen Spielsachen und ich konnte mich stundenlang in Bett, Couch oder Sessel verkriechen und in Bücher vertiefen. Trotz des angesammelten Büchervolumens musste jedoch zeitweise Nachschub her, und den bekam ich aus der Stadtbücherei in der Turmstraße, nicht weit vom Rathaus entfernt. Ich war dort oft und gerne und stöberte stundenlang in den Regalen herum. Doch es gab drei Probleme: Oft waren die von mir sehnlichst erwünschten Bücher schon ausgeliehen, dann gab es maximal nur 3 Bücher zum Ausleihen, und zuguterletzt vergaß ich oft, die Ausleihfrist einzuhalten, was mit einer zusätzlichen Gebühr geahndet wurde. Aber Bildung war schon immer teuer.

Jedoch in Hinsicht auf Bücher zeigte ich auch Schönheitssinn und Schöpfungskraft. Dies besonders an einem Abend, den ich mit meiner Schwester zuhause allein verbrachte, da unsere Eltern einen Zwangsabend mit der ‚Freien Volksbühne' hatten, denn wieder einmal hatten sie vergessen, Karten rechtzeitig zu reservieren und bekamen so automatisch 'Ladenhüter' der Bühnenszene zugeschickt.

Mit etwas aufgestauter Langeweile und das riesige Bücherregal im Wohnzimmer vor Augen, fielen mir dort einige Exemplare auf, die einen derart schäbigen und abgegriffenen Einband besaßen, dass sie einer neuen Hülle bedurften! Das Material für den neuen ‚Cover' entnahmen wir der

Stoffkiste unserer Mutter, und schon wurde ,ritsche ratsche' die alte Hülle entfernt und an die circa sieben Bücher neu eingebunden. Grün, pink, knallgelb und auch Blumenmuster wählten wir für einen würdigen neuen Einband aus. Wir waren stolz auf unsere Leistung und konnten das Lob unserer Eltern nicht erwarten. Doch es gab aus uns damals unbekannten Gründen keins. Unser Vater starrte nur entsetzt auf die wohl 150 Jahre alten Lederhüllen im Mülleimer.

Ein anderes, schon früh gepflegtes Hobby von mir war meine Briefmarkensammlung. Hier wurde ich von meinem Vater inspiriert, der meiner Meinung nach aufgrund des Umfangs seiner Sammlung schon seit Jahrhunderten sammeln musste und der sich regelmäßig mit Briefmarkenenthusiasten bei uns in der Wohnung zum Fachsimpeln und Tauschen traf.

Hier ging es um Anzahl der Zähnung, um Wasserzeichen, um Fehldrucke und Raritäten, wobei (zumindest in meinen Anfangs-Sammeljahren) nur die Anzahl meiner Stücke zählte.

Erschwerend kam noch hinzu, dass auch meine Schwester von der Sammelleidenschaft ergriffen wurde und jede Woche in unseren Alben vermerkt wurde, wie viele Marken sich schließlich nach kontrolliertem Durchzählen in den Alben von uns beiden befanden.

Als ich stets überlegen war, gab meine Schwester schließlich ihre Sammelleidenschaft auf und ich konnte mich endlich auch auf Fehlfarben und Sondermarken konzentrieren.

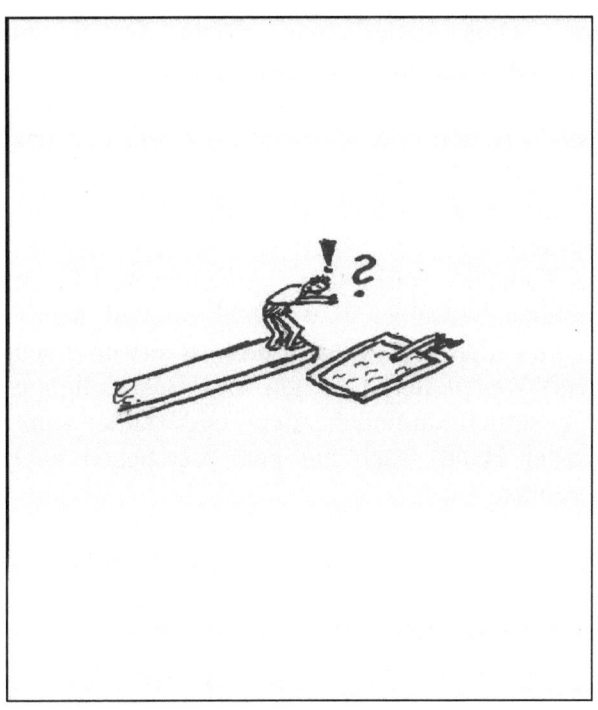

Hauskrieg und Pommern

Trotz der pazifistischen Grundeinstellung meines Vaters befand sich eines Tages erstaunlicherweise ein Luftdruckgewehr in unserem Hause. Dies hatten wir einem Onkel zu verdanken, in dessen Kleingarten wir bei gelegentlichen Besuchen ein paar Schießübungen mit eben diesem Gerät machen durften, und das bei seinem Ableben (nicht durch das Gewehr!) wohl als seine einzige Habe in unseren Besitz überging.

Die Tomaten auf den Außenfensterbänken gegenüber abzuschießen, war zwar reizvoll, wurde von mir allerdings wegen des zu erwartenden Ärgers (wegen der Tomaten und Beschädigung der eventuell auftauchenden Gießkanne samt haltender Hand) nach ein paar Versuchen bald aufgegeben.

Also errichteten wir in unserem unendlich langen Korridor einen ‚Schießstand', mit einer auf eine Spanplatte gehefteten Zielscheibe. Beides wurde an der Schlafzimmertür aufgehängt. Sehr häufige Übungen gab es allerdings nicht, denn die für das Gewehr benötigten kleinen Kugeln waren recht teuer, und meine Ersatzmunition, nämlich die aus der Gewichtsschnur herausgepulten kleinen Kügelchen unserer Wohnzimmergardine, waren bald aufgebraucht. Abgesehen von der von nun schlaff herabhängenden Gardine war auch der

114

innen geschliffene Lauf des Gewehres ziemlich in Mitleidenschaft geraten, sodass die Trefferquote sank.

Als sich dann auch noch herausstellte, dass die Durchschlagskraft der Gardinenkügelchen nebst Spanplatte auch (zunächst unbemerkt durch die Abdeckung) die Schlafzimmertür zerbröselt hatte und die ersten Kugeln im Schlafzimmer selbst landeten, war Schluss mit unseren Ausflügen ins Militärleben und das Gewehr verschwand so überraschend, wie es Einzug bei uns genommen hatte.

Hier spanne ich einen ganz weiten Bogen vom Militär zum 2. Weltkrieg, da wieder von der Vertreibung meines pommerschen Vaters aus seiner Heimat bis zu der ‚Pommerschen Landsmannschaft', der mein Vater zu viele (so empfand ich aber erst später) Jahre angehörte, und die in den damaligen Lebensjahren von meiner Schwester und mir die Möglichkeit bot, auch mal Abends unterwegs zu sein.
Es fanden dort monatliche Treffen von Pommern und solchen, die es gerne werden wollten (meine Mutter) statt, und das größte Erlebnis war die lange Anfahrt mit der Straßenbahn, die circa eine Stunde dauerte und die ich nutzte, am rückwärtigen Teil der Bahn den Fahrerplatz zu besetzen, an der Kurbel für die Geschwindigkeit der Bahn zu drehen (leider nur beschränkt, da sie

weitestgehend blockiert war!), die leider nutzlose Bremspedale zu treten, das Umstelleisen für die Weichen in die Hand zu nehmen, und ansonsten mit Gebärden zu versuchen, den sonstigen Auto- und Fußgängerverkehr vor mir zu regeln. Ich fühlte mich großartig und hätte sofort an der nächsten Haltestelle angehalten, wäre nicht auch das Bimmeln der Glocke blockiert gewesen, die dem Fahrer einen Haltewunsch der Fahrgäste anzeigte, indem diese nämlich an einem durch die ganze Wagenlänge schlaff herabhängenden Ledergurt zogen.

Doch leider waren wir dann nach einer durchrüttelnden Fahrt doch am Ziel, und die Abende der ,Pommerschen Landsmannschaft' folgten meist dem gleichen Ablauf: Begrüßung durch die mollige und blondierte Vorsitzende Claire Müller, Berichte aus dem Pommernland, Absichtserklärungen, die Heimat nie aufzugeben, Wortmeldungen von den anwesenden Pommern und Nichtpommern, Präsentation eines mehr oder wenigen bekannten Prominenten (oft der Kreuzberger Bürgermeister Kressmann, mit buschigen schwarzen Augenbrauen und Schwarm aller Pommeranzen), Singen des Pommernliedes und anschließendes Gehen oder Weitertrinken (je nach Geldbeutel und Einstellung).
Für uns war Gehen angesagt und ich schlief meist bei der Rückfahrt in der Funktion des 2. Straßenbahnführers ein.

Das ‚Highlight' des Pommern-Jahres war jedoch unbestritten die Weihnachtsfeier, denn: es gab Geschenke! Natürlich waren da auch Gegenleistungen gefragt, wie Gedichte aufsagen, Liedchen singen oder an den Krippenspielen teilnehmen, was ich mir auch einmal zumutete, mit dem Resultat, dass ich noch heute meine Starfotos in alten Alben bewundert kann.

Doch die Bescherung war spannend, und eines Jahres zog ich mit einem Hula-Hoop-Reifen (knallig gelb) nach Hause, dessen Handhabung ich unter Missfallsäußerungen von unsportlichen Mitmenschen schon in der Straßenbahn optimieren wollte. Er hat mir jedoch meine schlanke Taille erhalten. (Sofern ich das heute aus der zeitlichen Entfernung betrachten kann!)

Oma

Unsere Oma, seit unserem Auszug alleine in der Wohnung in der Beusselstraße 25 lebend, zog im Jahr 1956 in unsere ,23', und zwar in den gleichen Flügel, das gleiche Stockwerk, aber zur großen Erleichterung meines Vaters nicht in unsere Wohnung! Jedoch gleich gegenüber, und das war nahe genug, um den größten Teil des Kochens, unsere Kindererziehung und die weiterführende Erziehung meiner Mutter zu übernehmen, was ihr zum zunehmenden Schrecken meines Vaters auch gelang. Doch er kam erst ziemlich spät nach Hause (zumindest während seiner Tischlerzeit), konnte dann sowieso keinen Einfluss mehr darauf nehmen und vertiefte sich in seine Bücher- und Schallplattensammlung.

Oma war lieb. Eine kleine, zierliche, gutmütige Person (zumindest mir und meiner Schwester gegenüber!), so wie man sich eben eine Bilderbuch-Oma vorstellt.
Bis auf Kleinigkeiten hatte sie ihre 25-er Wohneinrichtung in die 23-er umsiedeln können, und beim Betreten ihrer Wohnung fühlte man sich in eine frühere Zeit versetzt: Man betrat einen kleinen Flur, der gerade Platz für eine kleine Kommode und ein paar Fotos an der Wand bot, die Ansichten aus Städten ihrer Heimat zeigten. Die kleine Wohnung gewann durch zwei

‚Hängeböden' im Flur gleich an Größe, zumindest was den dadurch gewonnenen Stauraum betraf.

Das Wohnzimmer krönte ein Schreibsekretär mit eingelegten Holzintarsien, zwischen den beiden Hoffenstern die Steh-Pendeluhr mit dem dezenten ‚Schlag' zu jeder halben Stunde, und in der Mitte des Zimmers der Wohnzimmertisch, der in meinen Augen noch älter war.

Ich empfand immer, dass der Eintritt in ihre Wohnung ein Schritt in eine schöne, alte, zufriedene und anheimelnde Welt war! Es war eine 1-Zimmer-Wohnung, und somit stand im Wohnzimmer auch ihr riesiges Holzbett, mit einem wunderschönen Bild an der Wand daneben, eine Wiesen- und Feldlandschaft darstellend, das hier seine Erwähnung finden muss. Denn ich hatte es gemalt und ihr zum Geburtstag geschenkt.

Auf der linken Seite stand ein wuchtiger altdeutscher Kleiderschrank und ich dachte dann immer an die Möbelpacker, die dieses Monstrum doch sicher die Treppen hinaufgewuchtet haben mussten.

Am interessantesten war für mich der Sekretär, da man die Mitteltür herunterklappen konnte und somit ein Schreibtisch herbeigezaubert wurde, an dem ich oft meine Hausaufgaben machte. Und dieser Schrank barg unendliche Schätze! So die Knopfsammlung mit Hunderten von Exemplaren in verschiedenen Farben, Materialien, Größen und Formen, und ich wunderte mich immer, wie eine solche Menge zusammengesammelt werden konnte und stellte mir all' die armen Leute vor, die schon seit langem mit fehlenden Knöpfen an ihren Kleidungsstücken herumliefen. Dann waren da in einer anderen Schublade ganze Bündel von Inflationsgeld und ich scheiterte immer wieder bei dem Versuch, die vielen Millionen und Milliarden zusammen zu zählen. Im gleichen Schubfach lag auch ein eisernes Kreuz, eine Kriegsauszeichnung für meinen Opa, der den Krieg leider nicht überlebt hatte.

Das begehrenswerteste Schrankfach war jedoch das auf der rechten Seite, denn hier wurden Schokoladentafeln aufbewahrt, Vollmilch und Vollmilch-Nuß der Marke ‚Karina'. Der reichliche Vorrat an Schokolade hatte seinen Ursprung darin, dass alle 2 Monate der gute ‚Messmer'-Kaffee in Hamburg bestellt wurde, und zu meinem Glück beinhaltete das Angebot auch meine Lieblingsnahrung, die dann für den gleichen Zeitraum mitbestellt wurde.

Eine rekordverdächtige Leistung war, dass es mir eines Tages gelang, eine ganze Tafel zu verputzen, noch bevor meine Oma an der Wohnungstür die Rechnung beim Postboten bezahlt hatte!

Ansonsten befanden sich im Schrank Gläser, Sammeltassen und wertvolles Geschirr, das jedoch von Jahr zu Jahr knapper wurde, da es mir einige Male gelang, bei meinen Hausaufgaben die aufgeklappte Schreibplatte dermaßen zu belasten, dass der komplette Schrank nach vorn stürzte und mich zweimal sogar komplett begrub.

Meine Oma sah das gelassen, erstens, weil mir nichts Ernsteres zugestoßen war, und zweitens, weil sie, so begründete ich dies, in ihrem Leben als Letzte von allen Geschwistern auf die Welt kam, und das in Zeiten, in der sie auch noch Etliches mitmachen musste.

So gemütlich das Wohnzimmer war: meist hielten wir uns doch in der kleinen Küche auf, da hier die Dinge geschahen, die unsere Oma als ihren Lebensinhalt betrachtete: Kochen, und besonders für uns.

So nahm der mit Kohlen und Holz zu befeuernde Herd gleich rechts neben der Küchentür einen wesentlichen Platz ein, und ich betrachtete dieses Monstrum stets mit Respekt: Die drei Feuerstellen, die mit gusseisernen einzelnen Ringen abgedeckt waren und bei ordentlichem Einheizen zu glühen begannen, und hörte mit Argwohn den Geräuschen zu, die das knisternde Holz verursachte. Mit einem Feuerhaken konnte man die Anzahl der Ringe variieren und hatte einmal eine geschlossene Kochstelle, dann wieder eine Art Lagerfeuer vor sich.

Abgesehen vom Braten und Kochen war diese Feuersbrunst aber noch für mehrere Annehmlichkeiten gut. Erstens wärmte es die Küche, und zweitens wurden wichtige Geräte damit versorgt. Zunächst eine Lockenzange, die im Feuer erhitzt wurde und mit der Oma sich anschließend ihr graues, aber doch volles Haar ondulierte. Dies hatte jedoch zur Folge, dass ihr Haar gelegentlich für einige Zeit dünner wurde, da Teile abbrannten oder versengten. Außerdem roch es dann scheußlich! Ja, und dann war da noch das Bügeleisen! Das untere Bügeleisenteil konnte man an der Rückseite aufklappen und heraus kam eine Art Stein, den man in der Glut erhitzte. Als dies geschehen war, wurde er wieder seinem ursprünglichen Platz zugeführt und nach 2 Minuten war das Bügeleisen fertig zum Einsatz. Immerhin bekam ich dadurch wunderschöne Bügelfalten in meine Hosen, manchmal leicht angesengt. Aber das war nicht so schlimm. Viel schlimmer war, dass wegen der angestrebten Lebensdauer dieser Bügelfalten meine so weiche und angenehme Hose mit einer Mixtur aus Wasser und Stärkemittel eingesprüht wurde, die eine Bügelfalte in eine Stahlkante verwandelte. Meine abgeschürften Knie waren daher oft mehr Hosen- als trümmergeschädigt. Aber ich war brav und litt.

In der Küche konnte ansonsten nicht viel platziert werden. Rechts vom Fenster stand der damals übliche Küchenschrank mit Unterbau und Oberteil, unten für die Arbeitssachen und oben für Geschirr und Gläser. Schöne Gläser waren dabei, alte Bierhumpen (sicher von meinem Opa) mit Bildern, Gravuren und einem aufklappbaren Deckel aus Zinn mit weiteren Verzierungen. Das wichtigste Geschirrteil war jedoch eine mit Blumenmustern geschmückte Porzellan-Sauciere, die einem recht profanen Zweck zugeführt worden war: Hier sammelte sich das Taschen-, Zeugnis-, Zensuren-, Kohlenschlepp-, Hilfsdienste- und sonstiges Zuwendungsgeld meiner Oma an mich und meine Schwester. Ich hatte die Präferenz, dass mein Geld in der Sauciere seinen Platz hatte, und das ihre nur auf dem Saucierenrand. Aber ich war ja auch älter! Außerdem hatte ich stets mehr Geld als sie und benötigte den entsprechenden Platz.

Links vom Fenster gab es eine Zwergentür, die aber nicht zu ‚Alice im Wunderland' führte, sondern in die Speisekammer, denn einen Kühlschrank gab es bei meiner Oma nie. Trotzdem: Bat ich um kühle Getränke, waren diese kühl. Und überhaupt schien diese Kammer ein unerschöpflicher, geheimnisvoller Raum zu sein, der irgendwoher immer seine Vorräte bezog. Davor links war die Küchenwand mit einer hässlichen grünen Ölfarbe gestrichen, sicher, um das Spritzwasser des dort befestigten Ausgusses abzuhalten. Dieser hatte, wie man heutzutage sagen würde, eine Multi-Funktion, denn er diente als Ausguss (wie schon der Name sagt) von Küchenflüssigkeiten, als Waschbecken, als Kopfwaschbecken und als Trinkwasserquelle.

Mitten in der Küche, jedoch in Ofennähe, prangte der Esstisch, zwar nicht schön, aber wichtig. Wichtig war er natürlich für das Essen, und wir hatten eine eingespielte, früh festgelegte Sitzordnung: Unsere Oma am Kopfende, den Herd unter Kontrolle, meine Schwester auf einem Stuhl vor dem Ausguss (der Stuhl war schon hoch, aber sie brauchte noch zwei Kissen!), und ich auf einer Hutsche neben dem Herd auf dem Kohlenkasten. Ich überragte alles und hatte durch den nahen Blick auf den Herd auch alles unter Kontrolle. Die Nähe und meine Neugier brachten mir allerdings auch ein paar Brandblasen ein!

Wir halfen unserer Oma gerne im Haushalt, vor allen Dingen, weil sie auch älter wurde und wir spürten, dass ihre Kräfte sich langsam aber sicher verbrauchten. So stellten wir uns ab und zu für den Hausputz zur Verfügung, der bei endgültiger Begutachtung sicher nicht den Ansprüchen unserer Oma genügte, aber der gute Wille zählte!
Schade nur, dass bei einer dieser Putzaktionen auch mein Gemälde in Mitleidenschaft gezogen wurde, als ich es mit einem feuchten Lappen säuberte und dabei vergaß, dass es ja mit Wasserfarben gemalt worden war. Seitdem hatte das Bild einen impressionistischen 'Touch'.

Ansonsten achtete ich immer darauf, dass ihr Kohlenkasten stets gefüllt war und half bei weiteren harten häuslichen Aufgaben: So zum Beispiel das Durchdrehen von Hühnern und Ochsen durch einen silberfarbenen Fleischwolf mit Handkurbel, aus dem dann aus 30 kleinen

Löchern das entsprechende Tier als Brotbelag oder zur weiteren Verwertung in der Pfanne hervorkam.

Ein anderes Kurbelgerät war die Kaffeemühle, ein kubischer Holzkasten, in den oben die Kaffeebohnen eingefüllt und dann durch ein durch die Kurbel angetriebenes Mahlwerk pulverisiert wurden. Da das beabsichtigte leichte Kurbeln durch die steinharten Bohnen behindert wurde, klemmte ich mir meist den Kasten zwischen die Oberschenkel und kämpfte verbissen mit Gerät und Kurbel. Schließlich jedoch mit dem Ergebnis, dass sich in der unteren Schublade des Kastens genügend gemahlener Kaffee befand, der zumindest für diesen Tag ein paar köstliche Tassen ‚guten Kaffees' garantierte. Ansonsten gab es ‚Muckefuck' und ich hatte ein paar Tage Zeit, bis die blauen Flecken an meinen Oberschenkeln verschwunden waren.

In den Jahren, als unsere Mutter arbeiten ging, war Oma für unser leibliches Wohl zuständig, und abgesehen von der Schokolade vor allen Dingen für das Mittagessen. Sie kochte leidenschaftlich gern und beinahe alles, was auf den Tisch kam, fand bei mir und meiner Schwester uneingeschränkte Zustimmung. Dabei waren es nie die teuersten Gerichte, denn es musste beim Einkauf sehr auf den Pfennig geachtet werden.
Und doch gab es die leckersten Sachen. Hier einige meiner Lieblingsspeisen: Milchreis mit

Zucker und Zimt oder Blaubeeren, manchmal auch Kirschen. Oder ,Arme Ritter', in Milch eingeweichte Schrippen, mit der Hand flach gehauen, in Zucker und Zimt gewälzt und dann in ,guter Butter' gebraten. Oder Kliebensuppe (die war pommerschen Ursprungs und das Rezept wurde auf der Flucht mitgenommen!), ein Mehlteig, der durch das Rollen in der Hand in Stücke zerfiel, die dann in Milch gekocht wurden, manchmal mit Fruchtbeigeschmack. Das absolute Highlight für mich waren jedoch Quetschkartoffeln mit Soße, nicht etwa wegen des außergewöhnlichen Gaumenkitzels, sondern wegen der neuerlichen Herausforderung meiner bautechnischen Neigungen, denn welche ungeheuren Gestaltungsmöglichkeiten boten sich hier: Es entstanden Berge und Schluchten, Seen und Bäche, Staudämme und Nebenreservoirs, und den wasserwirtschaftlichen Baumaßnahmen waren keine Grenzen gesetzt. Leider jedoch wurde durch Naturgegebenheiten wie Schwerkraft und Erosion die schroffe Natur irgendwann in eine bis zum Tellerrand ausgedehnte Sumpf-, oder besser Soßenlandschaft verwandelt, die dann auch noch verputzt werden musste! Doch der Schöpfer in Gestalt meiner Oma sorgte für eine zweite Entstehungsgeschichte, mit der Folge, dass an diesem Tag mein Verlangen an Nahrung gedeckt war.

Beliebt waren schließlich auch Gerichte aus eigener Ernte. So standen die Blumenkästen auf den Außenfensterbrettern nicht etwa den sonst üblichen Geranien zu, sondern ich pflanzte mit Omas Hilfe Tomaten und Bohnen an, die so prächtig gediehen, dass sie irgendwann die Aussicht nach draußen nahmen und die Wohnung auch tagsüber in ein gewisses Dämmerlicht tauchten.

Spätestens dann aber war die Zeit auch reif für die Ernte, und ich ließ es mir nicht nehmen, ausnahmsweise aktiv an der Essenszubereitung beteiligt zu sein.

Trotz der knappen Geldmittel gab es manchmal kleine Überraschungen, wie eine große Schale voller Erdnüsse, die wir mit Begeisterung knackten. Auch für ihren Teil gönnte sich unsere Oma regelmäßig kleine Ausflüge in beschränkten Luxus. So stand neben dem Kaffee auch immer eine Flasche ‚Pepsin-Wein' im Küchenschrank, offiziell zur Stärkung des Herzens ausgegeben, konnte sie doch ihre Freude über den hervorragenden Geschmack, und wahrscheinlich auch die, wenn auch wenigen, Alkoholprozente nicht verbergen. Ab und zu durfte ich auch ein kleines Gläschen haben, mit der Möglichkeit, dass noch ein gequirltes Ei und Zucker dazukamen.

Ja, und rauchen tat meine Oma! Nicht regelmäßig, sonst wäre uns dies jahrelang auch sicher nicht verborgen geblieben.

Doch eines Tages ‚erwischte' ich sie mit einer Zigarette in der Hand und war zutiefst schockiert, da ich dies niemals erwartet, geschweige mir Gedanken darüber gemacht hatte. ‚Nur mal eine', sagte sie, und damit war die Angelegenheit für uns beide abgeschlossen.

Die Nachmittagsstunden verbrachten wir dann mit Oma meist im Wohnzimmer, wo sie uns in Nähen und Stricken unterrichtete oder uns beim Malen zusah (und dabei selber strickte, denn das konnte sie, ohne dabei hinzuschauen).

Oder, und das waren unsere schönsten Stunden, sie nahm in ihrem Lieblingssessel Platz und las uns, wir beide zu ihren Füßen auf dem Teppich hockend, aus ‚Nesthäkchen'-Büchern vor, ein Buch nach dem anderen, denn es schien unzählig viele davon zu geben.

Während der Wintermonate schmorten derweil in der Ofenröhre die Bratäpfel und versetzten das Zimmer und uns in eine friedliche und wohlige Stimmung, die wir zu gerne bis zum Sankt-Nimmerleinstag beibehalten hätten.

Las Vegas

Mindestens zweimal im Jahr schlug das pralle Leben in der Beusselstraße auf, nämlich dann, wenn sich auf dem schon beschriebenen Trümmergrundstück an der Ecke Turmstraße und gleich hinter der ‚Knittax'-Bude der Rummel platzierte und seine Stände und Attraktionen aufbaute.

Indianer, Drachen, Fahrrad- und Rollschuhfahren waren vergessen und man stürzte sich mit den paar Groschen, die man besaß, in das Jahrmarkts-Vergnügen.

Gleich an der Beusselstraße standen die vier Luftschaukeln, in denen man angeschnallt wurde, denn - und das war reinster Nervenkitzel - man konnte bis zum Überschlag schaukeln! Getraut habe ich mir das allerdings nie, sicher wegen meiner baustatischen Bedenken hinsichtlich der Tragkonstruktion. Es gab ein Karussell (für die Kleinen), ein Kettenkarussell, Stände mit Süßigkeiten (für meine Schwester und mich), eine Schießbude (für die Großen) und einen ‚Hau-den-Lukas' (für die Starken und Halbstarken).

Magnetische Kraft übte auch die riesige Los-Bude aus, die mit überdimensionalen Plüschtieren als Hauptgewinn lockte. Irgendwie müssen die Lose für solche Trophäen äußerst sparsam in den Eimern verteilt worden sein, denn neben Nieten langte es meist nur zu Bleistiften, Kaugummi, Plastik-Monster und Radiergummis.

Bis jedenfalls eines Tages mir meine Glücksfee (die übrigens auch an einem Sonntag geboren wurde wie ich, wann auch sonst!) eine Sternstunde bereitete und mir ein Los in die Finger spielte, auf dem in großen Buchstaben ‚FREIE AUSWAHL' stand. Ich stand da und wusste nicht, welche Auswahl ich denn nun treffen sollte, bis wohl meine Nachkriegs-Blockade-Gene die Oberhand gewannen und ich auf den riesigen Lebensmittelkorb zeigte. Schnell damit nach Hause, um meinen Eltern zu zeigen, was für unwahrscheinliche Vorteile so ein Rummel-Nachmittag mit sich bringt. Natürlich waren sie auch begeistert, selbst dann noch, als sich nach Abräumen der ersten Lage Butter, Fischdosen, Brot, Kekse und Hartwurst nur noch Styropor zeigte.

Aber der Korb war auch sehr schön!

Ja, und dann war da noch der kreisrunde Stand mit dem klingenden, Reichtum verheißenden Namen ‚LAS VEGAS' auf der Seite des Rummels, gleich hinter den Luftschaukeln. Im Zentrum dieses Standes befand sich eine ebenfalls kreisrunde Plattform, auf der Hunderte begehrenswerte Dinge aufgestellt waren: Puppen, Autos, Sektflaschen, Plüschtiere, Spielzeugschachteln und vieles, vieles mehr.

Das alles war zu gewinnen, vorausgesetzt, man warf einen Holzring so geschickt, dass er einen von den (alle vertikal aufgestellten) Gegenständen so traf, dass der Ring diesen umzingelte und an ihm herunterglitt. Obwohl der Abstand dorthin mindestens 1½ m betrug, war die Aufgabe nicht allzu schwer, denn die aufgebauten Teile standen dicht an dicht und waren bedeutend kleiner als der Durchmesser des Ringes. Es gab da nur einen kleinen Haken: Alle Teile standen auf einem quadratischen Holzsockel, über den der Ring auch noch fallen musste, und das (wie es sich später herausstellte) war insofern schwierig, als die Abmessung des Blockes anscheinend fast identisch mit dem Durchmesser unseres Wurfringes war.

Ja, unseres Ringes, denn ich hatte mein Schwesterchen dabei, die genauso fasziniert davon war, hier mal richtig abräumen zu können. Wir zählten unsere Groschen zusammen, erstanden 10 Ringe, und auf ging's!

Nach ersten Fehlwürfen führte der ungefähr fünfte Versuch tatsächlich zum ersehnten Erfolg und ein Spielzeugauto kam in meinen Besitz. Das sollte jedoch der einzige Gewinn bleiben, doch unsere Spielleidenschaft war geweckt und wir wollten auf keinen Fall unsere ‚Abräum-Aktion' abbrechen. Doch was tun ohne Geld, das bereits nach der zweiten Runde futsch und weg war? Mir kam eine geniale Idee und ich schickte meine

Schwester nachhause, um Nachschub zu holen, nämlich aus der Suppenterrine bei Oma!

Mit allem Ersparten, ungefähr 10 Mark, kam sie zurückgerannt. Wir warfen Ringe auf Ringe, und noch mehr Ringe, solange, bis der Budenmensch seine Kasse voll hatte und wir unsere Taschen leer! Die Ernüchterung holte uns mit einem Blick auf den einzigen kleinen Gewinn sofort ein und so trotteten wir langsam nach Hause, schon an unsere Erklärungsnöte denkend. Es war halb so schlimm, denn wozu hat man eine liebe Oma, die außerdem über die Einlagen in unserem geheimen ‚Auslandskonto' unseren Eltern nie im Detail berichtete.

Das war Las Vegas, mit dem ich ungefähr 30 Jahre später noch einmal Kontakt hatte. Ich hätte gewarnt sein sollen, denn der Besuch dort endete mit einem ähnlichen Desaster!

Unsere vier Wände

So wohl ich mich bei Oma fühlte, so war mein Zuhause, in dem ich mich zurechtfinden und in dem ich zugegebenermaßen natürlich auch mehr als bei Oma meinen Platz behaupten musste, doch gegenüber. Oft war es nicht leicht, meine Eltern von meinen Vorhaben und Ideen zu überzeugen, denn sie hatten ihre ‚Erwachsenen'-Vorstellungen und ich die meinen.

Dass es eine harte Zeit war, in der jeder Pfennig zusammengehalten werden musste, war mir damals schon bewusst, doch sicher nicht in dem Ausmaß, wie meine Eltern es mit dem Zurechtkommen ihres knappen monatlichen Budgets empfanden.

Ich mochte, seitdem ich das nachvollziehen kann, Sonne, Licht, Helligkeit und damit helle Räume. Ich mochte daher auch, gerade in den dunklen Wintermonaten, Licht in unserer Wohnung. Mein Vater allerdings sah bei der Lichtflut nur die Scheibe im Stromzähler rasen und explodierte eines Tages, als, ohne dass ich anwesend war, für eine Stunde lang die Lampe in meinem Zimmer vor sich hin glühte. Als ich ihm, basierend auf meinen ersten physikalischen Erkenntnissen, vorrechnete, dass der Verbrauch 4 Pfennig ausmachte und ich diesen Betrag auch noch auszahlte, war das Maß voll und ich habe an diesem Abend keinen Schritt mehr aus meinem

Zimmer gewagt (das ich jedoch nun erst recht in Festbeleuchtung versetzte).

Vielleicht war dieser Wutausbruch meines Vaters ja auch Reaktion auf seine mangelhaften elektro-spezifischen Kenntnisse, und daher bot er auch stets ohne Bedenken die Ausführung der elektrischen Arbeiten mir an, das heißt, ich tat dies auch gerne, da es für mich wieder ein weiteres Neuland war. ‚Neuland' hieß aber auch, dass ich innerhalb weniger Jahre nicht weniger als 20 Strom-Schläge erlitt, dies beim Lampen-Montieren, Steckdosen anschließen, oder ganz einfach beim Nagel-Einschlagen, weil wieder mal eine Leitung schräg durch die Küchenwand gezogen worden war. Ich lebte damit und es hat mir sicher Energie für spätere Zeiten mitgegeben.

Wenn ich vorhin von ‚meinem' Zimmer sprach, so war es eigentlich ‚unser' Zimmer, denn meine Schwester bewohnte dieses Gemach von ca. 9 m² auch mit! Es war eigentlich aus einer Idee meines Vaters entstanden, da er irgendwann der Meinung war, wir hätten, aus welchen Gründen auch immer, im elterlichen Schlafzimmer nichts mehr zu suchen.

Also machte er kurzentschlossen aus der großen Eingangsdiele mit Hilfe von Latten, Spanplatten, einer Menge Schrauben und Tapete zwei Zimmer. Da es allerdings stockdunkel war, wurde die Brandwand zur Nachbarbebauung durchlöchert und ein kleines Fenster eingebaut (das Einzige in dieser Wand; und ich frage mich heute noch, wie das genehmigt wurde. Ich denke, als Grund ist ‚ehelich notwendige Ungestörtheit' angegeben worden!).

Nun hatten wir zwar ein schönes Zimmer, aber ohne Heizung! Dies hatte zur Folge, dass abgestellte Getränke im Winter über Nacht einfroren und wir mit Pudelmütze, Schal, dickem Pyjama und Wollsocken ins Bett gingen. Aber der Anblick der beinahe ständigen Eisblumen an der gefrorenen Fensterscheibe sollte uns wieder glücklich und zufrieden werden lassen.
Entsprechend schwer war das Aufstehen, und ich rang mich erst dann dazu durch, als von meiner Mutter die Erfolgsmeldung kam, dass der inzwischen angeworfene Gas-Backofen durch die offen gehaltene Klappe die Küche immerhin auf 16° Celsius erwärmt hatte (in Ofennähe).

Die Morgenwäsche fiel aufgrund der gefühlten Temperatur, aber auch wegen der Waschmöglichkeit, die aus einem Ausguss mit Kaltwasserversorgung bestand, recht dürftig aus.
Früher als das so lang ersehnte Bad kamen jedoch drei andere Neuerungen in unsere Küche, vor denen jeder deutsche Nachkriegs-Haushalt kapitulieren musste: Ein Durchlauferhitzer (1952), ein Kühlschrank (1954) und eine Waschmaschine (1957). Der Kühlschrank war ein Zugeständnis an meine sich jährlich aufbauende Unlust, täglich auf

Einkaufstour zu gehen, und auf ....ja, auf was eigentlich, wo es doch beim Schlächter noch 1/8 Portionen gab! Auf jeden Fall war er wichtig, und ich benutzte ihn auch, um Versuche mit Kristallen und anderer Chemie zu machen. Und wir produzierten unser eigenes Speiseeis, das zwar nicht schmeckte, aber billig war.

Der Kauf der Waschmaschine circa drei Jahre später war mit Sicherheit eine Idee meines Vaters, der nach Blick in die leere Hemdenabteilung seines Schrankes erkannte, dass eine monatliche Waschküchen-Wäsche nicht mehr zur täglichen Hemden-Versorgung ausreichte. Eine Tages stand also eine Waschmaschine in unserer Küche, und es war ein Glücksfall, dass sie geliefert wurde, als ich alleine zu Hause war.

Nach einem mehr oder wenigen gründlichen Studium der Gebrauchsanweisung füllte ich sie mit meinen Paar Socken von gestern, und startete, nicht ohne ein gerade herumstehendes Reinigungsmittel beigefügt zu haben, den Hauptwaschgang von 2 Stunden. Das Ergebnis war hervorragend, doch meine Mutter später etwas entsetzt wegen des riesigen Verbrauchs ihres Geschirrspülmittels. Aber ich war zufrieden, und trotz der später festgestellten 80°-Wäsche passten die Socken noch.

Über unser Wohnzimmer habe ich schon ein wenig berichtet, zumindest was die Tapeten und die Sauberkeit betraf. Das Prunkstück in Bezug auf die Möblierung war sicher die mächtige Kommode, die am Ende des Zimmers prangte und **der** Blickfang war. Was sie eigentlich wirklich alles beinhaltete, wusste ich nie, oder habe mich zumindest nicht dafür interessiert, denn es war die Kommode meiner Eltern. Durch seine Tischler-Tätigkeit beflügelt, brachte mein Vater modische Akzente in unsere Wohnung, so einen selbstgebastelten Nierentisch mit schräg weglaufenden Füßen und ein aufstrebendes Bambusgestänge für die Aufhängung der langweiligen Blattpflanzen (meine persönliche Meinung).

In der Mitte unseres Wohnzimmers stand der große Esstisch, eigentlich aber auch Spiel-, Bastel-, Hausaufgaben-, Briefmarken- und Nähtisch. Eine kleine Sitzecke befand sich gleich rechts vom Wohnzimmer-Eingang und war natürlich um den Ofen gruppiert. Dieser Kachelofen hatte seine negativen und positiven Seiten. Die negativen lagen darin, dass er natürlich auch jeden Tag beheizt werden musste und ein dauerndes Heranschleppen von Kohlen und Holz erforderte, die positiven in der Tatsache, dass wir ein molliges Wohnzimmer hatten und dazu noch eine Spielfläche, denn oft richteten sich meine Schwester und ich **auf** der Oberseite des Ofens ein, bauten dort unsere Wohnung, nahmen unsere Verpflegung dorthin mit, hatten den totalen

Überblick, während mein Vater sicher in Ängsten war, ob die Kacheln fachmännisch vermauert wurden und wir nicht mit einem Plumps in der Feuerstelle landeten.

Dann holte uns der Fortschritt in Form von Unterhaltungs-Elektronik ein.

Die erste Anschaffung war ein Plattenspieler. Er hatte, eigentlich billiges Design, doch die Gabe, nach Auflegen einer Schallplatte tatsächlich Töne von sich zu geben, nur nicht laut genug, um sie zu verstehen. Nach näherem Studium der Betriebsanleitung mussten wir erkennen, dass noch Lautsprecher fehlten! Doch nach dieser Anschaffung durchrauschte das erste Schallplattenlied unsere Wohnung: Heintje mit ‚Heidschi Bumbeidschi bum bum'.

Was immer das heißen mochte, war es doch damals der Hit und wir hörten ihn uns zigmal am Tag an.

Es kam noch aufregender, und hier greife ich ein paar Jahre vor: Pünktlich zur Sommerolympiade 1960 stand ein Fernseher im Wohnzimmer! Es gab zwei Programme: Das 1. und das 2. Deutsche Fernsehen.

Mein Vater und ich sahen begeistert die Sportsendungen, während der sonstige und allgemeine Teil nur seltener in Anspruch genommen wurde, doch aber Tagesschau, Weltreport und Lemke mit seinen bunten

Schweinchen. Zugestandenerweise auch mal Krimis, wie ‚Stahlnetz'. Aber eigentlich fristete unser Fernseher ein recht beschauliches Dasein.

Und doch, es gab da noch die ‚Eurovisions'-Sendungen, in denen Programme gleichzeitig in mehrere europäische Länder übertragen wurden. Schon der alleinige Gedanke daran ließ mir einen schönen Schauer über den Rücken laufen: Millionen von Menschen in Europa, die das gleiche Ereignis sehen konnten, zur gleichen Zeit, oft aber tausende von Kilometern voneinander entfernt.
Schon die Anfangs-Melodie solcher Sendungen, die dazu noch die Europasterne zeigten, war Grund genug, solche Abende zu genießen.

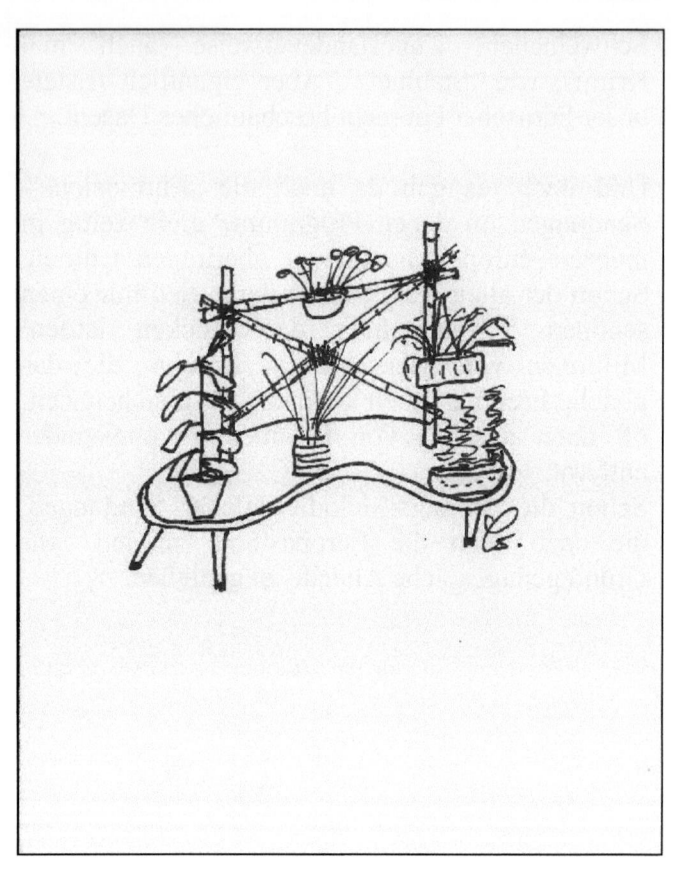

Muschpoke und anderer Besuch

Unser tägliches Leben wurde durch Besuche bereichert, und hier gab es zwei Kategorien: Besuche aus dem Osten und aus dem Westen, womit sich die damalig existierende Grenze, die zwar noch durchlässig war, doch schon recht eindeutig in meinem Deutschlandbild festsetzte.

Der Besuch aus dem Osten (wenn er mal kam) versorgte uns mit Grundnahrungsmitteln. So zum Beispiel Tante Erna aus Erkner, die, beleibt wie sie war, beim Betreten von Omas Wohnung noch beleibter war und anschließend an die 10 Eier aus ihrem Dekolleté hervorzauberte. Auch die 2 Enten waren in irgendwelchen Falten verborgen. Dafür bekam sie dann Kaffee und Schokolade mit und fuhr genauso bepackt wieder in den Arbeiter- und Bauernstaat zurück.

Sehr selten besuchte uns die Mutter von Tante Ilse (Ilse war eine ehemalige Klassenkameradin meiner Mutter), die zwar nichts mitbrachte, dafür aber immer was mitbekam!

Ansonsten machte sich der Ostbesuch rar, dafür bekam er zu Weihnachten übergroße Pakete.

Aber dazu später.

In Berlin (West) pflegten meine Eltern vor allen Dingen zwei Freundschaften: Schergauts und Hotops. Soweit ich mich erinnern kann, waren auch hier die Ehefrauen Schulfreundinnen meiner

Mutter, die als Berlinerin stets leichter und schneller Kontakte aufbauen konnte als mein Vater.

Hier sei ein kleiner Pommern-Witz (hinsichtlich der häufigen Schweigsamkeit meines Vaters) eingeschlossen:
‚Gehen zwei Bauern aus dem gleichen Dorf über die Felder Richtung Stadt, um einige notwendige Kleinigkeiten zu besorgen. Sagt der eine beim Anblick des prächtigen Weizens: Der tut's gut in diesem Jahr! Die beiden kaufen in der Stadt ein, und auf dem Rückweg sagt plötzlich der andere: Die Rüben aber auch!'
Das ist übliche pommersche Kommunikation in vollster Blüte.

Schergaut's kennen wir schon aus dem Kapitel ‚Rollen', denn sie war die Tochter der Drogeriebesitzer Passoke und er arbeitete in der Reemtsma-Zigarettenfabrik in der Nähe der Huttenstraße. Beide waren von kleiner, ja sehr kleiner Statur, und ihr Sohn war noch kleiner.
Aber der war immerhin noch Kind. Schergauts waren stets zu Geburtstagen und Sylvester eingeladen, brachten dann stets eine Flasche Weinbrand, billige Zigaretten (natürlich!) und einige Seifenartikel aus dem Geschäft mit. Ansonsten ist mir nicht viel aus diesen Jahren in Erinnerung geblieben, denn es gab, so glaube ich,

auch nicht sehr viele gemeinsame Interessen zwischen ihnen und meinen Eltern.

Die Interessenlage bei Hotops war ähnlich zu bewerten, doch sind mir hier mehr gegenseitige Einladungen zum Essen und auch gemeinsame Ausflüge im Gedächtnis haften geblieben.
Abendessen bei Hotops waren stets kulinarische Drahtseil- und Balanceakte, bei denen man schnell ausrutschen und in das sogenannte Fettnäpfchen treten konnte. Nix war da mit Teller voll packen! Die in tagelanger Arbeit präparierten und garnierten Essensteilchen waren dazu bestimmt, in kleinsten Portiönchen auf den eigenen Teller platziert zu werden, damit das elegante Geschirrmuster noch sichtbar bleiben konnte. Und jeder am Tisch Sitzende sollte ja schließlich auch noch in den Genuss dieser Köstlichkeiten kommen. Und Achtung bei der guten Butter, denn hier kam natürlich das Buttermesser zum Einsatz, mit dem ich hier das erste Mal in meinem Leben Bekanntschaft machte. Nachdem die garnierten Salate, die gestylten Gurken, die mit Röllchen versehene Butter und die geviertelten Wurstscheiben bis auf die zurückgebliebenen Anstandsreste verzehrt und der Tisch abräumt war, wurden die sich vor allen Dingen bei uns Kindern befindlichen Krümel und Essensreste mit einem silbernen Tischfeger und der dazugehörigen silbernen Kehrschaufel entfernt, damit die Rommé-Karten beim obligatorischen

anschließenden Spielen keine Fettflecken bekamen.

Flecken gab es jedoch immer bei unseren gemeinsamen Ausflügen, die zu Ungunsten ihrer kleinen Tochter in die schmutzige Natur führten. Während meine Eltern bei mir und meiner Schwester das Schlimmste gewohnt waren, bewirkte bei Hotops deren Schreckensruf ‚Pass auf, Hadmut' (so hieß ihre Tochter), dass diese mit ihrem weißen Ballettkleidchen unverzüglich in die nächste Pfütze stolperte.

Ansonsten ist mir noch in Erinnerung, dass Vater Hotop Siemens-Angestellter und in seiner Freizeit Modellbauer war und ich eines Tages für meine Eisenbahnplatte eine wunderschöne Brücke geschenkt bekam, an der er einen Monat lang gearbeitet hatte.

Einen überaus sympathischen Besucher, der in diesem Fall sogar auf die Verwandtschaft meines Vaters zurückzuführen war, hatten wir, allerdings recht selten, in Herrn Schünemann.
Sympathisch war er mir und meiner Schwester besonders durch den Umstand, dass er bei jedem Besuch reichlich Geschenke für uns mitbrachte. Und das hatte seinen Grund: Sein Kommen stand nämlich direkt in Zusammenhang mit dem Besuch meiner Tante aus Lübeck, die schon seit Jahrzehnten auf Männersuche war und in die er,

das war für uns so klar wie Kloßbrühe, unwahrscheinlich verknallt war! Und obwohl unsere Tante mit noch mehr Geschenken überhäuft wurde und sie diese über ungefähr zwei Jahre hinweg eifrig sammelte, konnten seine funkelnden Augen das Liebesfeuer in ihr wohl doch nicht zur Zufriedenheit entfachen, und so musste Herr Schünemann eines Tages auf weitere Besuche bei uns verzichten, so wie wir leider auf seine Geschenke.

Von uns gerne gesehen und mit Freude erwartet waren die Besuche unseres Onkels Hans, jüngerer Bruder von meinem Vater. Leider kam er nach meiner Auffassung recht selten, denn ich mochte ihn sehr, und immerhin wurde ihm zu Ehren sein Vorname in dem Meinigen verewigt. Hans war der Exot in unserer Verwandtschaft. Er pflegte einen bohèmehaften Lebensstil, war ledig, redete sparsam, hatte durchweg vernünftige Einstellungen (fand ich) und bestach mit seinem typischen Äußeren, nämlich seinen struppigen blonden Haaren, seinem schmalen, markanten Gesicht, dem zu weiten Strickpullover über einem knallfarbigen Hemd, Freizeit-Schlabberhosen und Latschen.

Hans war Künstler. Genauer genommen Kunstmaler mit einem Dachatelier in der Lietzenburger Straße. Nicht etwa ein armer Künstler, denn er hatte sich nach Kriegsende schnell einen Namen gemacht und war nebenher auch Mitbegründer des Kabaretts ,Die Badewanne'. Er hatte Ausstellungen in vielen Galerien Deutschlands und er liebte zu reisen, mit Vorliebe nach Sylt und Ibiza (wo er sich später ständig niederließ).

Die Besuche bei uns hielten sich zeitmäßig immer in Grenzen, denn eigentlich waren ihm Gruppen mit mehr als zwei Personen zuwider und Familien ein Gräuel. Aber wir waren immerhin engste Verwandtschaft! So blieb er ungefähr zwei Stunden, unterhielt sich etwas, genoss Kaffee und Kuchen und ging dann wieder.

Mit Aufregung und Spannung erwarteten wir stets unsere Geburtstagsfeiern, denn wir konnten alle unsere Freunde und Freundinnen einladen, es gab Geschenke, Süßigkeiten, Spiele und viel Limonade.

Die Geschenke fielen der damaligen Zeit entsprechend aus, und so war mein liebstes Geschenk der schon erwähnte Wellensittich ,Peter', samt Käfig. Ansonsten war der Gabentisch meist mit Socken, Leibchen und Pullovern bestückt, insgesamt alles kratzig!

Das ,schönste' Geburtstagsgeschenk erhielt jedoch, da sie für den langsamen Verzehr ihrer Mahlzeiten berühmt war, eines Jahres meine Schwester in Form eines Wärmetellers (der allerdings nachgestellt war, sie dies jedoch nicht erkannte). Ihr Geburtstag war damit sprichwörtlich heulend gelaufen!

Sonst war es immer lustig: Die Gäste (meist 4 – 8) kamen nachmittags, es gab Kuchen und Limonade, später Kartoffelsalat mit Würstchen. Und es wurde gespielt: Stühle-Rücken, Hänschen-Piep-Einmal, Topfklopfen, Stadt-Land-Fluss, Verstecken, Stille Post, Rate-mal-wer-ich-bin, Schokoladenessen und weitere Aktionen, die im vorgesehenen Programm unserer Eltern nicht enthalten waren.

Der ‚Schokoladen-Wettkampf' ist mir am lebhaftesten in Erinnerung geblieben, denn hier flogen wortwörtlich die Fetzen. Es waren am Start: Kinder um einen Tisch, auf diesem eine Tafel noch eingepackter Schokolade, auf diesem auch: Messer und Gabel, Mütze, Schal, Handschuhe und ein Würfel. Der Würfel machte seine Runde und jeder, dem es gelang, eine ‚6' zu würfeln, kannte nur ein Ziel: Mütze auf! Schal um! Handschuhe an! Besteck greifen! Schokoladentafel damit öffnen und sich genüsslich die ganze Leckerei (natürlich mit Messer und Gabel) zu Gemüte führen.

Doch der Würfel kreiste weiter und auch anderen gelang es, eine ‚sechs' zu werfen, womit umgehend alle Schokoladen-Verzehr-Utensilien an den Glücklichen abgegeben werden mussten, nicht ohne ihm noch mit der Gabel eins in seine vorschnelle Hand zu verpassen!

149

Aber Heftpflaster lagen auch immer bereit.

Bei schönem Wetter waren immer noch draußen Verstecken, Einkriegzeck und Rollern vorgesehen, so dass wir abends mit müden Augen und schönen Erinnerungen ins Bett fielen.

Ab und zu kamen an unseren Geburtstagstagen, wenn auch nur kurz, nähere und weitere Verwandte und Bekannte vorbei, die uns was Süßes, manchmal auch etwas Geld in die Hand drückten, es sich aber niemals nehmen ließen, ein paar schöne Zeilen in unseren Poesie-Alben (ja, das hatten wir!) zu hinterlassen. Die schönsten Verse sind mir leider im Gedächtnis geblieben, so diese: ‚Wenn ich ein Vöglein wär...', ‚Ich bin klein, mein Herz ist rein...'.Das Album verlor ich glücklicherweise bei einem späteren Umzug.

Eiszeit

Nach dem Geburtstag meiner Schwester am 1. November begann damals in Berlin der Winter. Sich erst durch schnell fallende Temperaturen ankündigend, war ein sicheres Anzeichen auch, dass meine Mutter ihren Muff aus dem Schrank holte und vom Mottenpulver befreite. In aller Regelmäßigkeit gab es gegen Ende des Monats auch den ersten Schnee, der zu unserer Freude solange anhielt, dass für die kommende Zeit neue Aktivitäten angesagt waren: Rodeln, Schlittschuhfahren, Schneeballschlachten.

Als erstes wurde unser Schlitten aus der hintersten Ecke des Kellers hervorgekramt, entstaubt, die Kufen vom Rost befreit und geölt. Rodelreviere gab es sogar zahlreich in unserer nächsten Umgebung: Die Trümmerberge, die mit einer fast 1 m hohen Schneeschicht darauf die idealsten Hänge formten. Es war herrlich: Unermüdlich wurde der Schlitten wieder und wieder den Hügel hinaufgezogen und dann sitzend, liegend, Rennen fahrend oder mit zwei Freunden beladen todesmutig die Abfahrt gewagt. Ich war bis zum Dunkelsein draußen und machte mich dann erschöpft, aber glücklich auf den Heimweg.
Wieder zuhause angekommen, wurde ich zunächst zum Abtauen und Abtropfen in die Diele gestellt, und anschließend meine halb erfrorenen Füße in einer Schüssel mit heißem Wasser wieder

aufgetaut. Der Schmerz wurde allerdings dadurch noch unerträglicher. Das hielt mich jedoch nicht davon ab, am nächsten Tag mit meinen noch nicht trockenen Schuhen (obwohl über Nacht mit Zeitungspapier ausgestopft und auf den Ofen gestellt) und meinen Strickhandschuhen wieder mein Rodelparadies aufzusuchen.

In Rodelpausen ließen wir künstlerischen, wie auch kämpferischen Neigungen ihren Lauf. So machte man sich an die gemeinsame Aufgabe, einen riesigen Schneemann zu bauen, wobei die dazu benötigten Schneekugeln derartige Ausmaße annahmen, dass sie nur noch zu zweit gerollt werden konnten, ganz abzusehen vom noch schwierigeren Teil des Aufeinanderstapelns.
Zuhause noch ein paar Steinkohlestückchen (für Augen, Mund und Knöpfe) und eine Mohrrübe (für die Nase) eingeheimst, und fertig war der schönste Schneemann im Viertel.
Leider wurde er meist von Neidern in unbewachten Momenten mit Schneebällen dermaßen traktiert, dass er am nächsten Tag ein krankenhausreifes Äußeres angenommen hatte und wir ihn entsprechend verarzten mussten.

Verarzten mussten wir uns auch ab und zu selbst, und dies war auf unsere martialischen Aktivitäten zurückzuführen: Schneeballschlachten, die wir mit anderen ‚Straßen-Gangs' aus dem gleichen Viertel führten. Auch hier boten die Trümmerberge das

153

optimale Terrain, in dem man sich verstecken und Überraschungsangriffe vom Gipfel oder dem benachbarten Trümmertal führen konnte. Die offene Feldschlacht auf der Straße wurde nur selten gesucht und barg dazu die Gefahr, neutrale Passanten in das Kriegsgeschehen mit einzubeziehen. Gemäß der internationalen Schneeballschlacht-Konvention durften keine Eis-Bälle verwendet werden. Leider wurde diese meist nicht eingehalten, daher die zahlreichen Verletzungen. Doch ehe es zu noch größeren Verlusten kommen konnte, wurde ein bis zum nächsten Tag befristeter Waffenstillstand geschlossen, schon deswegen, weil sich die Hände inzwischen selbst in Eisklumpen verwandelt hatten.

Größere Rodelausflüge wurden am Wochenende mit meinem Vater in die Rehberge unternommen. Das war zwar nur halb so aufregend, dafür waren die Abfahrten länger und mein Vater hatte manchmal belegte Brote und Schokolade dabei.
Gefährlich war es aber auch hier, und zwar wegen der noch nicht steuerungserfahrenen kleineren Kinder ohne Führerschein, von denen eines es an einem schönen Sonntag auf mein Schienbein abgesehen hatte! ‚Knacks' machte es deutlich in meinem Schienbeinknochen. Mein Vater hatte das Vergnügen, mich auf dem Schlitten 2,5 km weit auf kaum schneebedeckten Bürgersteigen nach Hause zu ziehen, und ich das Glück, nach

erfolgter Eingipsung zwei Wochen im Wohnzimmer meiner Oma im Bett verbringen zu können. Das jedoch fiel mir aufgrund meiner enormen Sammlung von Petzi-Büchern nicht allzu schwer.

Hinzu zum Wintervergnügen kam eines Tages das Schlittschuhlaufen, da aus irgendwelchen alten Nachlässen zwei Paar Schlittschuhe zum Vorschein kamen. Ähnlich aufgebaut wie die bereits erwähnten Rollschuhe (nur natürlich mit Kufen), waren sie in einer ebenfalls schwierigen Prozedur an den normalen Schuhen zu befestigen. Bevorzugtes Laufparadies war stets der Neue See im Tiergarten, und der war, soweit ich mich erinnern kann, auch jeden Winter zugefroren. Nicht immer vollständig, aber das erhöhte das Kribbeln im Bauch, wenn man sich den offenen Wasserflächen näherte und sich mit einem unüberhörbaren Geräusch ein kleiner Riss in der Eisoberfläche auftat.

Ich wurde nie ein begnadeter Eiskunstläufer, es langte nicht einmal zum Rückwärtslaufen. Dafür konnte ich bremsen, bevor ich mit dem Ufer kollidierte, konnte die Anzahl meiner Stürze auf maximal zehn pro Tag reduzieren und hatte eine Menge Spaß daran, neue Geschwindigkeitsrekorde aufzustellen. Selbst der relativ lange Heimweg war noch zu ertragen.

Der Winter zeigte natürlich auch seine unangenehmen Seiten: Temperaturen bis minus 25 Grad, dann wieder Matsch- und Regentage. Doch das nahm ich alles sehr leicht auf mich, denn es stand etwas bevor, das auch nur der Gedanke daran sämtliche Schwierigkeiten, Schmerzen und Traurigkeit vergessen ließ: Das Weihnachtsfest.

Butterpäckchen, Basteln und Backen

Weihnachten begann Ende November.
Eigentlich schon vorher, da pünktlich mit dem ersten Schnee auch die Auslagen in den Geschäften weihnachtlich dekoriert wurden, Weihnachtsmärkte und Rummelplätze am Aufbau waren und mir die Wunschliste für Geschenke großes Kopfzerbrechen bereitete, da ich zwar viele Wünsche hatte, aber doch wusste, dass mit Sicherheit nicht alles vom Weihnachtsmann erfüllt werden konnte, da sonst andere Kinder zu kurz kamen oder er ganz einfach sein Auslieferungs-Programm nicht schaffte. Also strich ich meine Endlos-Liste auf ungefähr sechs Hauptwünsche zusammen und wog mich damit in ziemlicher Sicherheit, dass diese auch unter dem Weihnachtsbaum liegen würden.

Im November wurden auch die ‚Weihnachts-Apfelsinen' (so nannte ich sie) bestellt. Apfelsinen waren damals Luxus, doch in Anbetracht der Festtage gönnte sich mein Vater diesen und bestellte bei einer Firma in Hamburg, die mit Sicherheit die besten Orangen der Welt importierte, ein oder zwei Kisten dieser Herrlichkeit, die uns dann bis ins nächste Jahr hinein erfreuen sollte. Und sie waren tatsächlich lecker! Es war wie eine Zeremonie, wenn mein Vater 2 Apfelsinen aus der Kiste nahm, in langwieriger Prozedur mit dem Messer dergestalt schälte, dass auch kein Teilchen der Haut mehr zu sehen war, und sie uns dann, säuberlich in Segmente zerlegt, auf einem kleinen Teller servierte. Wir schwelgten in Apfelsinenstückchen.

Ein bisschen mehr Weihnachten begann dann tatsächlich mit dem 1. Dezember, denn nun war das erste Türchen vom Adventskalender zu öffnen, der an der Wand neben meinem Bett hing. Das geschah sofort nach dem Aufwachen, weniger um zu sehen, was für ein Bild sich hinter der Tür verbarg, sondern um immer wieder aufs Neue abzuzählen, wie viel Tage es noch bis Heiligabend waren.

Zur Adventszeit gehörte ein Adventskranz. Den bastelte unter meiner strengen Aufsicht mein Vater mit Sperrholz, Papier, Draht und abdeckender Tanne, bis ich eines Tages selbst diese Arbeiten übernahm, ganz ohne Aufsicht. Der Kranz wurde dann noch mit 4 Kerzen bestückt und schließlich über dem Esstisch an der Lampe aufgehängt, was oft dazu führte, dass sich bei gemütlichen Kaffee-Nachmittagen ein überflüssig gewordener Strom von flüssigem Kerzenwachs auf Tischdecke und Kuchen ergoss, was aber die gerade in dieser Zeit gelöste Stimmung nicht beeinträchtigen konnte.

Anfang Dezember geschah ein weiteres Ritual, das meinen Eltern alles an Vorausdenken,

Organisation, Logistik, und auch das letzte Geld abverlangte: Das Verschicken von Weihnachtspaketen an die armen Verwandten und Bekannten in der DDR.

Die Wunschliste war bekannt: Kaffee, Butter, Südfrüchte, Schokolade und überhaupt alles, was teuer war. Nach tagelangen Einkäufen, Basteln von Kartons, Besorgen von Schnur und Packpapier war es schließlich soweit: Der Packabend konnte beginnen. 6 - 7 Pakete enormen Umfangs waren es mindestens, die dann am nächsten Tag zum Postamt geschleppt wurden. Da dieser Paket-Versand bundesweit eine Massenerscheinung war, konnte fast die gesamte DDR mit solchen Paketen eingedeckt werden und revanchierte sich mit trockenen Dresdner Stollen (die geschickte gute Butter wurde sicher anderweitig verwendet) und Holzengeln aus dem Erzgebirge, die dann im Januar im Westen eintrafen, so auch bei uns. Die Engel waren für das kommende Weihnachtsfest zum Aufstellen auf dem Kaffeetisch bestimmt, mit den Stollen hatten wir nur bis März/April zu tun.

Von dem Jahr an, in dem ich vermutete, dass der Weihnachtsmann unmöglich an einem Tag weltweit alle Geschenke verteilen konnte, und ihm daher meine Eltern etwas zur Hilfe eilten, war mir gleichfalls klar, dass auch sie auf Unterstützung angewiesen waren, und da mir außer dem Weihnachtsmann niemand einfiel, der sich um sie kümmern konnte, nahm ich das selbst in die Hand. Also bastelte ich Geschenke für meine Eltern.

Nützlich sollten sie sein, denn das Nützliche hatte einen wesentlichen Bestandteil in unserem Leben. Für meinen Vater war es ein Dia-Kasten, aus Sperrholzbrettern der Pagel'schen Tischlerei zusammengesägt, lackiert und von außen mit braunem D-C-Fix beklebt. Die Dia-Fächer hatten zwar eine etwas rhombische Form, das Ganze hatte, mit Klappdeckel und Verschluss versehen, aber trotzdem Platz für ca. 40 Dias, deren Papierränder sich mit der Zeit an den ungeschliffenen Holzkanten aufrubbelten.

Aber es war ein wunderschönes Geschenk, wie auch das für meine Mutter, die eine begnadete Strick-Liesel war, stets am Suchen ihrer Wollknäuel, die durch das Wohnzimmer kullerten. Also ein Knäuel-Aufbewahrungskasten her! Aus den Resten meines Sperrholzes fertigte ich einen kleinen kubischen Kasten, mit Messingscharnier-bestücktem Deckel, ebenfalls mit D-C-Fix beklebt (allerdings wegen der frohen Strickarbeit mit einem lebhafteren Muster), und an einer Seite mit einem Loch versehen, durch das der Strickfaden in das Innere mit dem dort zur Abwicklung wartenden Wollknäuel verbunden war. Auch meine Mutter war natürlich begeistert, und die Tatsache, dass der raue Wollfaden des öfteren an dem noch raueren, natürlich ungeschliffenen Holzloch hängen blieb, damit den Kasten durch das halbe Wohnzimmer zog und die Maschen durch den verstärkten Zug immer enger werden ließ, störte nichts an ihrer Freude, denn es waren ja Socken, Strickhosen und Pullover für mich.

Jedoch dachte ich auch an unsere Wohnungs-Gestaltung, so an die Dekoration unserer nicht so sehr ansehnlichen Couch durch schicke Kissen. Die ließen sich am einfachsten herstellen, indem man zwei Scheuerlappen kaufte, an drei Rändern zusammennähte, die vierte Seite mit einem Reißverschluss versah und das Ganze mit Schaumstoff ausfütterte.
Doch das maßgebliche Design-Kriterium kam noch! Nämlich das Besticken und Verzieren der Außenflächen durch Reste von Mutters Wollfäden und anderen Stoffresten, deren ich habhaft werden konnte. Es wurden Prachtstücke, die so schön waren, dass sie ausschließlich in Schränken aufbewahrt wurden, um nicht zu sehr einzustauben.

Meine Schwester und ich wussten meist schon vorher, was für Geschenke uns erwarteten, da es mit Sicherheit die waren, die als Oberstes auf unserer Wunschliste standen. Trotzdem war die Überraschung immer wieder groß, da man sich oft nicht über Größe, Farbe und Details im Klaren war. Es sei denn, es waren bestimmte Modelle meiner Eisenbahn oder Kasten No. 3 meiner Stabil-Baukästen. An das, was meine Schwester zu ihren Favoriten erkoren hatte, kann ich mich nicht mehr erinnern. Sicher Puppen. Aber Weihnachten war noch sooo lange hin.

Doch spätestens dann, wenn sich die ersten Düfte von Plätzchen und anderen Backwaren in unserem Treppenaufgang ausbreiteten, wusste man, dass Weihnachten endlich näher rückte. Auch meine Mutter hatte natürlich inzwischen Vorräte an Mehl, Zucker, Eiern, Nüssen, und allem, was für die Herstellung von Plätzchen und Kuchen notwendig war, ,eingeholt' und wir warteten mit Ungeduld auf die zwei oder auch drei Abende, die unsere Küche in eine Großbäckerei verwandelten. Mindestens 3 Kuchen und unzählige Backbleche mit Plätzchen wurden in den Gasofen geschoben und ein beißender Geruch von verkohltem Teig kündigte manchmal an, dass der Kuchen seinen optimalen Genusszustand leicht überschritten hatte. Aber ich will nichts sagen: Meine Mutter war eine begeisterte und begnadete Bäckerin und lief an diesen Tagen zur Höchstform auf.
Meine Schwester und ich halfen kräftig mit, besonders wenn es um das Ausstechen von Plätzchen ging. Dies geschah mit kleinen Metallformen, die alle möglichen Figuren darstellten: Tiere, Engel, Sterne, Weihnachts-männer, Tannenbäume und vieles mehr. Sogar das Anrühren und Kneten des Teigs wurde uns überlassen, mit dem Erfolg, dass durch das so herrliche Drücken, Formen und Kneten des Teigballes mit unseren oft schmutzigen Händen

(ab und zu fielen auch Teile vom Tisch) wir meist die dunkelfarbigen Plätzchen produzierten.

Der Kauf des Weihnachtsbaumes war einzig und allein meinem Vater überlassen, der stets einen Baum aussuchte, der bis an die Zimmerdecke unserer Alt-Berliner Wohnung reichte, ja oft musste er wegen falscher Größeneinschätzung nach dem Kauf sogar noch gekürzt werden!
Nur: Mein Vater ließ sich mit dem Kauf Zeit! Als die ganze Umgebung bereits ihre Bäume auf Balkonen, Vorgärten und Dielen gelagert hatte, kam ihm irgendwann am 23. Dezember die Idee, auch auf Suche zu gehen.
Die Auswahl war natürlich entsprechend eingeschränkt, jedoch - und das war das Ausschlaggebende und die Absicht an dieser Warte-Taktik - die Bäume waren nun zum halben Preis zu haben, da die Weihnachtsbaum-Verkäufer nicht auf Bergen von Nadeln sitzen bleiben wollten.
So geschah es alle Jahre wieder, dass unser Baum zwar groß, aber stets mit irgendwelchen Macken versehen war, sei es, dass der Stamm eine Delle hatte, eine Seite voller Zweige, die andere dagegen weniger reichlich bestückt war, oder er schon in einen ersten Vertrocknungszustand übergegangen war.
Doch mein Vater war erfindungsreich: Der Baum wurde so in die dafür vorgesehene Ecke gedreht, dass weder Delle noch Sparbewuchs zu sehen

waren, oder es wurden einzelne Zweige abgesägt und in vorgebohrte Löcher an anderen Stellen in den Stamm gesteckt.

Mit anderen Worten: Wir hatten wie immer den schönsten Weihnachtsbaum in der ganzen Nachbarschaft und das Schmücken konnte beginnen.

Tage-, ja wochenlang hatten meine Schwester und ich bereits an bunten Ketten gebastelt: Aus glänzendem Buntpapier (mit Kleberückseite) ausgeschnittene Streifen, jeder zu einem Ring geformt, der mit dem vorhergehenden verbunden war. Bei ausdauernder Tätigkeit erreichten diese Ketten Längen von über 10 Metern, doch dann war es auch mit der größten Bastellust vorbei. Zigmal um den Baum geschlungen, war dieser eigentlich schon ausreichend geschmückt, doch dann folgten - und genau in dieser Reihenfolge - eine glitzernde Baumspitze, Wachskerzen, silbernes Lametta (das wie die anderen Dinge auch jedes Jahr wieder säuberlich eingepackt wurde), Wunderkerzen, bunte Kugeln aus Glas, Sterne aus Stroh, Engel aus der DDR und zum Schluss reichlich Süßigkeiten aus Zuckerguss.

Nun war unser Baum wirklich der allerschönste geworden und auch frühzeitig einsetzendes Herabfallen der Nadeln konnte daran nichts ändern, da das spärliche Grün sowieso kaum zu sehen war.

Der Weihnachtsmann kommt

Der Abend rückte näher und damit meine Aufgeregtheit. Die letzte halbe Stunde mussten meine Schwester und ich in der Küche verbringen, und doch schlichen wir uns in die Diele, um durch das Schlüsselloch in der Wohnzimmertür zu lugen und herauszufinden, was dahinter vor sich ging. Jedoch ohne großen Erfolg.

Endlich ging die Küchentür auf: „Ihr dürft kommen!" Tief durchatmend betraten wir das Wohnzimmer: Der Weihnachtsbaum erstrahlte im hellen Kerzenlicht, die Wunderkerzen brannten, Geschenke und ‚bunte Teller' mit Süßigkeiten waren am Baum auf kleinen Tischen aufgebaut und unsere Eltern blickten erwartungsvoll auf unsere offenen Münder.

Es war ganz einfach schön und ich genoss diesen Augenblick wie selten etwas zuvor. Zu gerne hätte ich sofort meine Geschenke ausgepackt, doch zuvor gebot es das jährlich wiederkehrende Ritual, noch ein Gedicht aufzusagen. Ich machte es mir nie leicht und wählte ziemlich lange Gedichte, schon, um besser als meine Schwester zu sein. ‚Markt und Straßen stehn verlassen' gehörte zu meinem Standard-Repertoire. Beim Aufsagen begutachtete ich jedoch schon die Paketgrößen meiner Geschenke und war froh, in Form und Größe die von mir gewünschten Gegenstände, wie sehnlichst erhofft, erkennen zu können. Meine Vermutung bewahrheitete sich: Die neue

Lok und weitere Gleise waren schnell ausgepackt und noch schneller auf dem Fußboden verlegt, um die erste Probefahrt zu machen.

Das Streckennetz wäre noch weiter gewachsen, wenn nicht der Ruf meiner Mutter zum Essen ertönt wäre. Es gab, wie fast jedes Jahr, Würstchen mit Kartoffelsalat. Zufrieden saßen wir dann um unseren ovalen Esstisch, der mit Tanne, Kerzen und kleinen Musikanten (auch DDR) dekoriert war, und langten kräftig zu, nur unterbrochen durch etliche Sprint-Einlagen meines Vaters zum Weihnachtsbaum, weil dort eine Kerze nach der anderen heruntergebrannt war und drohte, unser Schmuckstück in Flammen zu setzen.

Gesättigt ging es dann zum gemütlichen Teil des Abends über, und der begann mit dem obligatorischen Foto vor dem Weihnachtsbaum. Hier glänzte mein Vater mit seiner langjährigen fototechnischen Erfahrung: Die uralte Leitz-Kamera wurde dem braunen Lederetui sorgsam entnommen, mit aufgeklapptem Balg auf das Stativ geschraubt, ein papierener ‚Zeitzünder' für den Blitz an die Deckenlampe gehängt, dann angesteckt, die Fotolinse auf ‚offen' gestellt, schnell vor dem Weihnachtsbaum Stellung genommen, lächeln – und schon explodierte der Blitz! Und wieder war ein herrliches Fest-Foto entstanden. Und wieder rieselte der Blitz-Abfall auf die kostbare Tischdecke und verursachte einige Seng-Flecken. Wie im vergangenen Jahr. Meine Mutter machte wegen des Festtages gute Miene zum ärgerlichen Vorkommnis.

Nach weiterem Spielen mit der Eisenbahn, einem Schnaps für Eltern und Oma und einem weiteren Foto war auch dieser Heiligabend ‚überstanden'.

Die Tage nach Heiligabend waren stets die angenehmsten im ganzen Jahr: Keine Schule, Ausschlafen, Süßigkeiten in Hülle und Fülle, Spielen mit den neuen geschenkten Sachen und viele Ausflüge in die schneebedeckten Parks und Wälder in der Nähe. Die bunten Teller wurden sichtlich leerer, wurden jedoch durch unsere vorausschauende Mutter immer wieder aufgefüllt. Süßigkeiten, die ich nicht sooo sehr mochte, tauschte ich heimlich gegen andere vom Teller meiner Schwester aus. Aber ich hatte das unbestimmte Gefühl, dass sie das auch tat!
Wieder und wieder wurde der Weihnachtsbaum mit brennenden Wunderkerzen verschönt, hatte aber auch zu leiden, da Schwesterchen und ich versuchten, an alle dort aufgehängten Süßigkeiten heranzukommen, die ab 2. Feiertag zum Plündern und Verzehr freigegeben waren. Trotz unserer beschränkten Größe hangelten wir natürlich nach den auch oben hängenden Teilchen, zogen an Ästen, und - der Baum stürzte, natürlich ohne unsere Schuld, zu Boden, uns halb unter sich begrabend. Dies geschah beim ersten Mal, als der

Festlichkeit wegen auch die Kerzen angezündet waren. Es gab aber nur eine kleine bis mittlere Feuerkatastrophe, da mein Vater (sicher vorausahnend) einen 10-l-Eimer mit Wasser unter dem Baum platziert hatte.

Wir wurden dadurch jedoch wahrscheinlich auch nicht vorsichtiger, denn das gleiche Malheur passierte in den kommenden Jahren mindestens noch einmal.

Weihnachten war vorbei, aber bald gab es ja noch etwas in diesem Monat zu feiern: Das Neue Jahr.

Auf ein Neues

Das Neujahrsfest hieß bei uns ,Sylvester', und das schloss die Tage davor und auch den danach ein, und Sylvester war bei mir verbunden mit ,Feiern, Blödsinn machen und Knallen'. Bei meinen Eltern ging es erst einmal um die Vorbereitungen: Wen laden wir ein, was kaufen wir ein? Die Sylvester-Feier mit Freunden und guten Bekannten meiner Eltern fand meist bei uns statt, da die anderen Parteien zu träge und lustlos waren, etwas selbst zu organisieren.

Die Gäste waren immer, auch in wechselnden Besetzungen: Schergaut's, Hotop's, Konzog's.

Einkäufe meiner Eltern: Kartoffeln für den Kartoffelsalat, Würstchen zum Kartoffelsalat, Pfannkuchen mit Marmeladenfüllung, Wunder-kerzen, Sekt, Sylvesterhütchen, Pappnasen, Weinbrand ,Mampe Halb und Halb', Tisch-feuerwerk, Knallbonbons und Sylvesterschlangen. Meine Einkäufe: Ein paar harmlose Knallkörper, Pfennigschwärmer, Pfannkuchen mit Senf gefüllt und Zauberzucker, aus dessen Würfeln im Tee ekelhafte Tiere wie Spinnen an die Teeoberfläche aufstiegen. Meine Schwester kaufte nichts und vergnügte sich an den übrigen Einkäufen.

Der Abend begann mit dem Einmarsch der - oft jetzt bereits - sehr vergnügten Eingeladenen, die mit einer weiteren Flasche Sekt oder Weinbrand bestückt waren. Unter dem Baldachin unseres Wohnzimmers (durch die Papierschlangen) gab man sich dem Kartoffelsalat, den Pfannkuchen (Senf, hmmm!) sowie anderen kleinen Delikatessen hin und bald auch dem ersten Gläschen Weinbrand, das eine totale Enttäuschung war, alldieweil ich den edlen Tropfen gegen kalten Kaffee ausgetauscht hatte. Ha!!!

Tischfeuerwerke und Knallbonbons wurden aktiviert und schossen Kleeblätter, Fliegenpilze und weise Sprüche durch das Wohnzimmer. Nach diesen Aktionen wurde für mich der Abend in der Erwachsenen-Gesellschaft ziemlich langweilig, und so schnappte ich mir meine Pfennig-Schwärmer, die ich in ausgewählten Wohnungstür-Schlüssellöchern von ,lieben' Nachbarn zündete.

Mitternacht rückte näher und das Radio wurde angeschaltet, zunächst wegen der Neujahrs-Rede des ,Regierenden Bürgermeisters von Berlin', dann aber auch, um die letzten Sekunden des alten Jahres nicht zu verpassen! ... 3 – 2 – 1 – Prost Neujahr!

Es war soweit: Umarmungen, Sekt, Küsschen (von Otto Schergaut bei meiner Mutter übertrieben viel, fand ich), dann zum Fenster, um das bereits in vollem Gang stattfindende Feuerwerk in der Umgebung zu beobachten. Es war beindruckend, und wir steuerten natürlich auch dazu bei, wenn auch nur mit Wunderkerzen und Goldregen.

Wie der weitere Jahresbeginn verlief, kann ich kaum berichten, denn irgendwann gegen zwei Uhr morgens war ich todmüde und verabschiedete mich ganz schnell. Ich schlief umgehend ein, jedoch nicht ohne noch vorher kurz den Moment genossen zu haben, dass ein neues Jahr begonnen hatte. Was würde es mir bringen? Ich machte mir keine großen Sorgen darüber, denn das alte war ja auch gut abgelaufen, ja, und jetzt vorüber.

Nicht ganz vorüber! Irgendwann im Januar, nämlich dann, wenn der Weihnachtsbaum absolut keine Nadeln mehr hatte, die Süßigkeiten weggegessen waren, das Lametta ramponiert und die Kerzen auf ‚halb sieben‘ hingen, wurde der angekokelte Baum kurz über lang einfach durch das Fenster auf den Hinterhof geworfen. Das alte Jahr war damit endgültig vorbei.

Auf ein Neues!